OPEN是一種人本的寬厚。

OPEN是一種自由的開闊。

OPEN是一種平等的容納。

OPEN 1/35

恐懼的原型

作者◆弗里茲・李曼
譯者◆楊夢茹
發行人◆王學哲
總編輯◆施嘉明
主編◆江怡瑩
美術設計◆江美芳

出版發行：臺灣商務印書館股份有限公司
台北市重慶南路一段三十七號
電話：(02)2371-3712
讀者服務專線：0800056196
郵撥：0000165-1
網路書店：www.cptw.com.tw
E-mail：cptw@cptw.com.tw
網址：www.cptw.com.tw

Title of the original German edition:
Grundformen der Angst by Fritz Riemann

局版北市業字第 993 號
初版一刷：2003 年 10 月
初版四刷：2005 年 12 月
定價：新台幣 340 元

ISBN 957-05-1815-4

OPEN 1/35

分裂、憂鬱、強迫、歇斯底里人格深度探索

恐懼的原型

GRUNDFORMEN DER ANGST

弗里茲．李曼 Fritz Riemann／著
楊夢茹/ 譯

臺灣商務印書館 發行

目次

譯序
滿山遍開的鮮花

多年前，當我坐在法蘭克福大學總圖書館閱讀《恐懼的原型》時，心中有很強烈的驚豔之感，書中分裂與憂鬱人格的故事讓我悃然惆悵；強迫人格的徵象字字浸透著森然的涼意；而且，我不可置信的迷戀上歇斯底里人格的優點。讀著讀著，往往忘了這是一本專書。當時我就想，希望有一天有機會翻譯這本學術紮實、文筆流暢、引人入勝的好書。

《恐懼的原型》出版已屆四十二年，暢銷三十五版，是德文心理學論著中經過歲月洗禮，以及廣大讀者考驗的經典之作。作者李曼從天體運行的離心與向心力之中，釐析出分裂、憂鬱、強迫和歇斯底里四種人格；以分裂人格為例，再區分為健康但傾向孤寂獨立、輕微分裂、嚴重分裂，以迄病態式的分裂人格。每一章都以理論為開端，繼而探究分裂人格的感情世界與侵略性，輔以他行醫多年收集到的真實故事，藉此深入患者自幼及長的環境因素，用重新建構的方式，恢復支離破碎的原始經驗，兼具文人之筆、學者著述的雙重美感。

弗洛伊德認為童年時期的心靈創傷是形成神經官能症的主因。一九〇六年十一月三日在德國杜賓根（Tübingen）舉行的南德精神醫師第三十七次集會上，他的學說遭到自認被心理分析拒於門外的主席侯赫（F. Hoche）大加撻伐：「對於這種差勁，以醫師的立場而言危機四伏的時髦玩意兒，我們不跟著起舞。」坐在台下的榮格（C. G. Jung）起而捍衛，在現場點起了雄辯的烽火。同一場會議上被冷落的還有阿茲海默症的名祖阿茲海默醫師（A. Alzheimer）。科技與醫學的進步延長了人類的壽命，二十世紀末，阿茲海默症異軍突起，不斷威脅著我們的健康。無獨有偶地，二十一世紀初，被科學主流邊緣化了的精神分析療法，在神經學者運用現代先進的腦部造影術，進一步深究腦部實體結構之後，發現弗洛伊德有關意識的看法與當代神經科學觀點若合符節。

處於人生巔峰時期的歌德曾經寫過一首小詩，大意是說當他行經一座座噴泉與一棵棵盛開花朵的大樹時，常有奇妙的感應，他的心扉因而開啟，硬殼被拋卻，所以能與神交會。此處的「神」可解釋為造物主，因為歌德是泛神論者。翻譯這本書時，這首詩中的「硬殼」說不時浮上我的心頭，當我譯到「畢竟我們每個人的過往都有一個模糊地帶，有些人對早年的坎坷心存感激，將之轉化為助力，因此成就斐然，難道不該更同情且包容那些沒有這麼幸運的人嗎？」時，由衷佩服作者李曼悲天憫人的情懷。如果我們有勇氣一探心田上鬱黯角落的究竟，那些偽裝矯飾與浮誇將變得一文不值；褪卻硬殼，豁然開朗，坦蕩蕩無所懼，人生才不虛此行。

我相信是那個「模糊地帶」讓我對這本書情有獨鍾，謹以此譯作獻給我親愛的老師Thomas Rogowski。當初我帶著單薄的行囊與依稀的夢想遠赴德國，十年之間，我不時茫茫然踩在深山棧道上，腳下的懸崖令我惴惴不安；有的時候我勇氣十足，在幽深的榛莽中找尋一線天光；也有一口氣想探訪春花與秋月的浪漫。感謝他傳授我正確、優雅且犀利的德文，以滿滿的關愛緩和我迷糊的奔闖；那是錯失了的童年重現。我從此步履穩健，裝備齊全，心情和美，我知道窮山惡水之後必定有一座明麗的村落，狂暴的風雨終將過去，而且還會再來。崎嶇的天涯路上，我看到了滿山遍開的鮮花。

楊夢茹

序言
恐懼爲本質與生命之矛盾

恐懼屬於生命的一部分，你我都在劫難逃，它以不同的面貌伴隨著我們，從誕生直至死亡。太初之始，人類就不斷嘗試，藉由各種巫術、宗教與科學，思索克服、減緩、戰勝或是約束恐懼的對策。民智未開的時代，有人尋求神靈的庇護，有人委身愛人求取寄託，科學家研究大自然的規律，宗教家及修行者禁慾苦行，思想家從哲學思維中探尋，但都沒能成功地驅除恐懼。因為前人的努力，我們比較能夠容忍恐懼，有為者把它轉化為一種促進成長的沃土。無憂無懼痛快度過一生顯然是大家都曾做過的美夢，但人生在世就無法不憂不懼，我們的依賴心、終將一死的認知，都反映在其中；我們只能試著培養抗衡的力量：勇氣、信任、知識、權力、希望、屈從、信仰以及愛。這些可以幫助我們接納恐懼，分析及研究恐懼，以百折不撓的精神與恐懼奮戰。人不可能完全擺脫恐懼，所以，那些允諾釋放我們心中恐懼的各種方法，與人類的存在背道而馳，只會讓我們期盼落空，對於那些玄奧的諾言我們要仔細觀察，不要輕信。

既然恐懼是我們生命中的不速之客，時時刻刻盤踞我們的心頭，每當內心或外在環境起了一點兒波瀾，它就迅即滲透到我們的意識中。通常我們想趕它出去，避開它時，多少也有一些對付恐懼的技巧或方法：排擠它，使它麻痺，跳過去或者否認它的存在。然而，恐懼始終潛伏著，如同死神從來沒有因為我們不去想就自動隱退一樣。

每一個民族的文化各有特色，每個國家的開發程度有高低之分，每個人也都不一樣，但恐懼不受這些影響，在我們操作了某些方法，採取了某些措施抵抗它之後，那些造成我們心中憂懼的，有沒有因此改變呢？有的，譬如打雷閃電已不再使我們顫慄害怕，日蝕與月蝕成為大家觀賞的自然現象，不再以為日月星辰將永遠消失，世界末日即將來臨。我們害怕的東西與古人不一樣，我們畏懼病毒，害怕新型絕症致我們於死地，害怕發生車禍，害怕年華老去和寂寞。

千百年來，與恐懼作戰的方法並沒有推陳出新，古人有巫師作法犧牲獻祭，現代則改由醫藥登場——恐懼沒有退場。不同的心理治療是現代處理恐懼情緒最有影響力的新穎策略：心理治療以漸進的方式釐析害怕的心理，開掘個人早年的成長背景中導致恐懼的因素，研究個人與家庭以及社會文化之間的相互關係，培養我們與恐懼對峙的能力。

這裡有一個重大問題：人類仗著科技文明的進步征服世界，舊有的恐懼雖然被驅除滅絕，卻也衍生出另類的恐懼；僅僅體認到恐懼與我們如影隨形無濟於事。有一種新型的恐懼侵擾著現代人的生活：我們俯仰之間，埋伏著愈來愈多的恐懼因子，處處與我們為敵，我們很熟悉心靈被撕裂的感覺——想像一下濫用核能會導致什麼後果，想一想濫用權力侵犯生命常態的景象。人類犯的錯就像回力飛鏢①；缺少愛與順服，孳生征服自然、操控生命的權力欲望，恐懼因此應運而生，於是我們任憑擺佈，性靈空虛。以前的人面對自然災害時一籌莫展，畏懼魔鬼與神靈的懲罰，今天我們害怕的對象是自己。

進步同時也是一種退步，形成了新的恐懼。

害怕與我們密不可分，雖然是一個普遍的現象，但每個人體驗到的憂懼卻都又不一樣，怕死、怕付出愛以及其他抽象的東西，恐懼的形式獨一無二，就和一個人如何愛、如何死一樣各有特色。經歷特殊的人，所體驗到的恐懼也與一般人不同，專屬於個人的恐懼和生活條件、與生俱來的性情以及環境有很密切的關係，這些涉及我們自幼至長的故事。

如果，我們用「無畏」的態度來觀察恐懼，可以看得出它的雙重面孔：因為心懷畏

①譯註：澳洲土著用曲型堅木製成的武器，投出後可飛回原處。

懼，我們積極活躍迎戰；因為害怕不已，我們麻痺癱瘓。危難當頭，恐懼往往是一個信號或警告，惕勵我們打敗它。接收害怕的訊息，克服恐懼，可以讓我們成長成熟；避開它，不正面回應，會讓我們停滯不前；無法戰勝恐懼的人如同長不大的小孩。

通常我們處於陌生的情境時，不安就悄悄來訪。成長與成熟都使人感到不同程度的惶恐，因為我們並不具備相關的知識與能力來面對陌生的新局面。所有等待我們去做、去經歷的新鮮事充滿刺激，但也充滿了不確定。生命總是將我們帶往新奇、費疑猜又陌生的路上，而惴惴不安伴著我們上路。成長期間，每當我們揚棄熟悉的路線，踏入新階段，準備接受新任務的時刻，恐懼便不請自來；每個年齡所面臨的成長成熟課題，都包含了克服心中障礙的關卡，一旦我們戰勝了恐懼，人生便又往前邁進一步。

克服恐懼才會進步，想想踏出平生第一步的幼童，丟開媽媽的手，獨自行走；想想生命中重大的轉折，第一次上學的小孩，要脫離家庭的呵護，進入一個陌生的團體，這些都需要先克服恐懼才辦得到。想一想我們的青春期，初次與異性邂逅，對性的好奇與渴望；再想想我們首次進入職場，組織家庭，初為人母，然後衰老死亡的情形——新的開始以及首次嘗試的經驗都染著害怕的色彩。

所有上述的恐懼都與我們的身體、心靈或社會經歷息息相關，是人生必經之路，踏出去的步子都跨越某一個界限，我們被要求脫離熟悉、親密的環境，壯起膽子探險。

除了這些以外，還有許多與上述的恐懼迥異，與跨越成長成熟階段大相逕庭，十分獨特的恐懼型態，沒有人能瞭解我們，連我們都看不清它的面貌。有人因寂寞而恐懼，有人害怕置身人群之中，有的人過橋或走過廣場時會驚惶不已，另有人看到甲蟲、蜘蛛或老鼠之類的小動物就心驚膽跳。

恐懼的型態變化萬千，人人各有所懼，換算起來，每一樣東西都有人害怕；我仔細觀察形形色色的恐懼，發覺其中的變數可以整理分類，我把它稱為「恐懼的原型」，呈現於本書中。繁多的害怕情緒，都屬於這些原型極端的變體或扭曲，或者轉移。我們習於把未處理、未克服的害怕轉嫁到一些無害的替代品上，與真正點燃我們恐懼的引信相比，替代品容易應付，恐懼卻是躲都躲不掉。

恐懼的原型與我們的存在，以及這世界上的兩大矛盾有關，我們身處無解的對立情境中。我想打個比方來說明那個我們沒有感覺到，但它確實存在，令我們恭敬不如從命的天體中的兩大矛盾。

我們存在的世界有四種巨大的動力：地球循著一定軌道繞日而行，太陽是宇宙的中心，地球的運動我們稱為公轉，是一種循環。它同時也繞著自己的軸心轉，這種運動稱為自轉。由此產生兩種互相對立又互補的搏動，天體因而保持運作，在一定的軌道上運行：萬有引力與離心力。萬有引力維持地球於不墜，一直把地球拉回中心，有一股穩定的吸力。離心力會向外擴張，脱離中心點，有意圖擺脱掉某些東西的特色。當這四種動力均衡和諧時，宇宙才會有秩序、上軌道，而其中任何一種動力比重太大或停頓下來時，都會天下大亂。

讓我們想像一下，假使地球失去其中一個動力，譬如不再繞日而行，不再繞著軸心自轉，超越了行星的規模，很反常地像太陽一樣成為宇宙的中心，於是，其他行星就得繞著它運行。地球脱離了原來的軌道，自訂法律活下去。

若是地球不自轉，只是繞著太陽運行，它的規模就低於行星，降一級變成衛星，如同月球，永遠向著太陽的一面，沒有自主能力。這兩個假想都會破壞行星慣性服從以及獨立自轉的規律。

繼續往下想像：如果地球失去萬有引力，即向心力，僅有離心力，在混亂中曳出軌道，也許撞上別的天體，墜毀成碎片。設若地球徒有萬有引力，但失卻平衡的離心力，則勢必變得凝滯僵硬、沒有變化，或者當另外一種力量出現時，它無力制衡，被曳出軌道。

回到我們先前打的比方，居住在地球上的人類是太陽體系中的微粒，也有一定的規律要遵守，上述的動力才會變成我們不自覺的力量，持續潛伏著，與天體運作的道理有異曲同工之妙。我們只消把每一種基本動力架構到人的層面，轉譯為心理，與我們的心靈作對照，就會發現從生命延展出來的兩大矛盾，而每一種恐懼原型都與這兩個矛盾有關，寓意深刻。

心理學上說的「自轉」表示人的性格，獨一無二的個人。繞日而行的運轉表示服從大格局，為了顧全大局，自治權以及個人意願都可以受到限制。由此我們談到第一個自成一套系統，不願臣服於人類整體，與大局對峙的矛盾。

地心吸引力與我們內心對永恆與穩定的嚮往一致；離心力則符合我們不斷向前、追求變化的意態。如此，我們也談到了另一個矛盾：同樣與大局對峙，一面拼命經營永恆，一面又求新求變。

以宇宙為例，可以類推出四種基本的挑戰，人類在自己身上也找得到相互牴觸、同時互補的動力。它們千變萬化，與我們形影不離，不斷向我們索討新的答案。

第一項挑戰，譬喻中的「自轉」，我們要做一個獨一無二的個人，肯定自我的存在，與其他人有所區別，個性如假包換，無人能取而代之。汲汲營營追求與眾不同，疏離感日增，午夜夢迴，寂寥的大浪打過來，恐懼便如潮湧，對我們造成威脅。種族、家庭與民族，年齡、性別與信仰，職業或社團，使我們與別人相關聯，互為生命共同體，但我仍然是一個獨立、具有特質，與別人不一樣的個人。每個人的指紋都不一樣，絕對不會混淆，這實在很有意思。我們的存在有若一座金字塔，具有所有建築物的基礎與共同性，但越是接近塔尖，就越特別、異於其他建築物。在個人化的過程之中，榮格如此稱呼成長的程序，接受以及發展自己的特色之時，我們會漸失歸屬的安全感，不再「與別人一樣」，繼而在徬惶不安中，體會到做為一個個人的寂寞況味。我們愈是要和別人不一樣，就愈感到孤寂、不安、不被瞭解、被拒，甚至被排擠。與此相反，如果我們不敢探險，沒有發展成為獨立的個體，把自己藏在群體的規格之中，如此一來，我們的人與人格就不臻完整。

第二項挑戰，譬喻中的「公轉」：我們對這個世界、生活與周遭的人敞開心扉，與人交往，也與很另類的人交流。廣義說來，就是興沖沖的活著。但有的人因此害怕失去自己，變得依賴，任憑別人擺佈，質疑自己的處世能力，擔心自己只會順著別人的意思、不考慮自己。這是指依賴，把自己「交出去」，但這又讓我們有施展不開的無力感，忸怩不安。鼓不起勇氣突破困境時，我們變成孤立無援的個體户，不與人來往，沒有歸屬感，沒有安全感，人我皆不識。

我們推斷第一個矛盾，看出這項挑戰不合情理，因為生命變成了沉重的負荷。我們應該要保持並實現自我，同時能夠奉獻犧牲，如此一來，方能克服做自己、成為獨特的我的恐懼。

另外兩項挑戰也同樣具有矛盾與互補的兩極化特色：

第三項挑戰，譬喻中的「向心力」，即萬有引力，也就是我們對永恆的嚮往。我們在這個世界築巢，計畫著未來，努力完成目標；但不要以為一切很穩定堅固，永遠有一個未來可期待，生命無止盡；死神在召喚，生命隨時可能結束。有人以為只要自己認為未來無窮無盡，生命就如他所願不會結束，於是他可以不停地勾勒遠景與美景——這導致我們害怕消逝、依賴，害怕人生中捉摸不定的東西：排拒新事物、沒有把握的計畫，害怕生活一直向前流動，不停下腳步，瞬息萬變。有一句話說，沒有人會在同一個地方上岸兩次，因為河水和人自己都不斷地在改變方向。假使我們死了追求永恆的心，就永遠闖不出一番成績，實現不了夢想；所有的創造皆因對永恆的思慕而發生——否則我們根本無從美夢成真。我們如此這般過日子，彷彿手上的時間無限長，以為我們終將完成的目標指日可待，幻想中的永恆便成為推動我們完成任務的原動力。

最後是第四項挑戰，譬喻中的「離心力」。我們隨時準備改變自己，肯定所有的變革與新發展，拋掉熟悉的東西，把傳統與習俗扔到腦後，才到手的東西，立刻與之告別，一切都是過渡與過站。於是，我們必須不斷求新求變，刻不容緩，絕不能逗留，迎接新事物，勇於嘗鮮，那些日積月累的規矩、義務和法律令人顫慄，喘不過氣來。死亡意味著消逝，生命停滯終結，我們飽受它的威脅；不再追求變化，不再勇於嘗鮮，死守著舊有的東西，重複著他人的生命歷程，時間之河與四周的人事將超過我們向前行，人我俱忘。

本書也介紹其他的矛盾，生命中不合理的要求：同時追求永恆與多變，因而要克服對消逝以及既定的規律與事實的恐懼。

根據上述，我們認識了四個恐懼的原型，整理如下：

一、認為把自己交出去就是失去自我與依賴，因而恐懼；

二、認為做自己太不安全、太孤立，因而恐懼；

三、害怕變化，視之為消逝與不可靠；

四、害怕既定的事實，視之為終結與束縛。

所有其他的恐懼都是由這四種原型衍生出來，也都與這四種和人類存在息息相關，互補也互為矛盾的動力有關：保持自我與孤絕疏離，與此相反地是把自己交出去以及歸屬感；此外，追求永恆與安全，與此相反的是追求多變與風險。追求什麼，我們就會對那些反方向的東西採取敬而遠之的態度；但宇宙運行的規律卻告訴我們，唯有互相矛盾的動力彼此勢鈞力敵，天體才會井然有序。這裡所謂的均衡並非統計學上的計算，也不是說一定要達成什麼目標，而是一種內心源源不絕的創造力。

除此之外，我們要知道，每一種恐懼及其強度都與我們與生俱來的性情，即遺傳，以及我們成長的環境有密切的關聯；換言之，與我們的身心狀態和個人經歷都脫離不了干係。內心有著怎樣的恐懼情結，必定有一個形成的背景，由此可看出童年所佔的比重。每個人的恐懼都染有性情以及環境影響的色彩，我們害怕的，別人往往難以感同身受，他人視為理所當然者，在我們卻是揮之不去的陰影。

性情與環境，家庭與社會，都有可能成為培養恐懼的溫床。成長過程中不曾受到干擾的健康的人，一般來說知道如何與恐懼共處，甚至戰勝之。而受過干擾，必須忍受的恐懼巨大又頻繁，則恐懼原型將攻佔此人的心靈。

害怕到無以復加的程度，或持續的時間很長，會造成一種負擔，也是一種病態。最嚴重者，是童年時盤據心頭的恐懼，因為幼兒尚未具備反擊的能力。力道強、時間長，以及超齡的恐懼，往往難以消化，會造成兒童的成長停滯不前，甚至退化，行為幼稚，相繼出現其他症狀。一個孩童太早體會到太多的恐懼，稚弱的他無力面對一波又一波的恐懼浪頭，必須仰賴外界的協助，如果外援無著，他孤獨的被巨大的恐懼感所淹沒，會造成人格創傷。

在成人方面，參與戰爭、被俘、面臨性命交關時刻、遭遇自然災害等，心靈上受到打擊，舉凡跨越忍耐極限，使人陷入驚慌失措，神經質反應的經歷，也會成為恐懼的溫床。與兒童相比，成人反擊和尋求對策的可能性大得多：他會捍衛自己，全盤考量然後知道是什麼引起他恐慌，明白恐懼因何而來，能夠把心中的感受說出來並獲得別人的理解與援助，也有能力估量眼前的威脅到底有多大。孩童可不具備這些能力，愈是弱小，愈是成為恐懼的獵物，毫無招架能力，不知道要忍耐多久，會發生什麼可怕的事。

本書要探討這四種恐懼，從另一角度來看，假使我們放棄基本動力中的任何一種，就會失衡，把我們導向其中一種人格。我們將逐步介紹每一種人格，並且詳述每個人個性中，或多或少的傾向。若明顯地偏向某一種人格類型，表示與幼年的發展有很大的關係；而一個活在這四種基本動力中，處處和諧均衡的人，就表示遠離四大恐懼原型。

一開始這四種人格只是有些微的偏向，若片面性明顯且突兀，就超過了極限值，成為四種基本人格的變體，心理治療和精神分析學上稱之為分裂、憂鬱、強迫與歇斯底里人格。當然，這並不表示大部分人都得了神經官能症。

本書在敘述四種關於生命的病症時，也逐一討論健康的人的片面人格，以及輕微、嚴重、極端嚴重的心靈創傷。人的性格氣質是討論時的一個要素，我也把重點放在我們的成長背景上。

其次要提醒讀者，本書以精神分析、心理治療的知識與經驗的理論為基礎，來介紹四種人格的典型特質，不採宿命論或驟下斷語的方式，而是從人的特質或性情著手；性情與生俱來，難以扭轉，只有安之若素。我要談的與此略有出入。

我之所以是我，並不是因為身體構造使然，而是因為我對這世界與人生有一定的看法，一定的行為舉止，而這源於我的生命歷程；人格由此鑄成，並且擁有特質。其中不可逆的是我天生的性情、童年環境、父母親與老師的個性，社會與社會規範，這些在某一個程度上塑造出我這個人。書中闡述的人格，若先天上因教養者忽視和缺乏良好的示範，致使人格受影響、被壓抑，都可以藉由後來的發展來補綴，使我們的人格趨於完整或成熟，磨光磨亮我們的生命。

我們以四種基本概念與行為入門，探究生命的條件與附屬性；宇宙方面，乍看之下是一種對立現象，事實上運行有序也均衡。

我們沿用神經官能症學理中的定義來稱呼這四種人格類型，這並不影響心理健康的人，因為我們在運用這些概念的同時，都會介紹患者個人的經歷，以及神經官能症是如何形成的；這些定義已為大家所熟知並接受，所以沒有必要重新命名。讀者看到分裂、憂鬱等定義時，會從書中的敘述得到清晰生動的概念。

恐懼與畏懼這兩個詞在本書中反覆出現，但我沒有嚴格區分其詞義，因為這不是本書的重點，而且我也認為一定要做區分的話，恐怕並不容易。有人說害怕死亡，而畏懼死亡也說得通，其中並無太大的異同。通常我們認為「畏懼」是指特定、具體的東西，「害怕」則指非特定的對象，比較不理性，雖然敬畏上帝與害怕上帝有所區別，但也不是每次都言之成理、斬釘截鐵。因此，恐懼、害怕、畏懼、憂懼等都是同一個意思。

這本書是為每一個人而寫的，目的在幫助大家多瞭解自己與別人，同時要告訴讀者童年這個階段有多麼重要。另一方面，則是希望重新喚起大家重視感覺機能，我想，我們可以從感覺學到很多東西。

第一章

害怕把自己交出去

分裂人格

Die schizoiden Persönlichkeiten

「來，讓我們與衆不同。」

——史比特勒（Spitteler）

這一章我們要從恐懼和基本動力兩個層面觀察，所探討的是害怕付出、有「自轉」傾向的病態人格，心理學上稱這種人過度地把自己隱藏起來，過度地劃定自我的界線。我們稱之為人格分裂。

我們都希望自己獨一無二，當別人把我們的名字弄錯時，我們會有多麼不高興；沒有人被叫錯了名字還興高采烈；顯而易見地，我們把屬於個人的東西例如姓名，當成自己的一部分。「我」當然和千千萬萬的別人不一樣，但是「我」同時是某個團體中的一分子或共同體；這跟我們按照自己的好惡過日子，建立親密的伴侶關係，與他人產生互動以及負責任一樣，途徑雖殊，但不造成衝突。如果有一個人省略了為別人付出的那一面，把自己完全藏起來，這會怎麼樣呢？

人格分裂的人費盡心思獨立過活，盡可能自給自足。他不依賴任何人，不需要任何人，尤其重要的是，不需要為任何人負責。因此，他遠離人群，他需要這種距離，不讓別人有親近的機會，只開放一點點縫隙。一旦距離被跨越，他的感受如同生存空間遭到侵犯，獨立自主遭受危害，他不再完好如初，於是很粗暴地反抗。害怕別人親近，這是他典型的恐懼。但他不可能把所有人都排拒在外，就四下搜尋保護措施，以便躲在其中，避開一切。

對他而言，絕對要避免人與人之間的接觸，絕不容許與人有親密的關係。與人邂逅，認識未來的配偶，都讓他左右為難，他只好把人際關係通通公事化。不得不與人相處時，處於團體或小組之中最讓他感到自在，因為他可以隱姓埋名，基於共同利益的名義歸屬於某個社團。上上之策是戴著一頂童話中的魔帽，終其一生隱形地躲在帽子下，像不記名投票一樣與別人共同生活；身在其中，卻不必有所付出。

這類人若即若離、矜持、遙不可及，很難和他們攀談，他們似乎沒有個人色彩，甚至有些冷漠。形諸於外的他們，古怪、奇特，對人事物的反應很令人費解。認識經年，卻不瞭解真正的他；今天與他相談甚歡，明天看到他時，卻好像沒那回事。是的，我們愈是靠近，他就愈可能拂袖離去。他不貼心，經常沒來由地發怒或露出敵意，我們於是深覺受挫受傷。

人格分裂的人出於害怕，閃躲我們的親近，不肯回饋朋友的情誼，使得他們愈來愈孤單寂寞；當別人有意接近，或是他們有意親近某人時，尤其會引發他陷入害怕的情境。隨著交往更進一步而產生好感，覺得對方迷人，產生親密行為，以及表露情愛，在他而言都極其危險。這足以解釋為什麼他往往在重要時刻不見蹤影，態度轉為敵對、峻拒；突然把自己關起來，切斷聯繫，躲在自己的世界裡，讓大家遍尋不著。

橫亙著他與周遭環境之間的，是一道聯繫上的鴻溝，溝渠一年比一年寬，他也變得愈來愈與世隔絕。這引起一連串的問題：他因缺乏經驗，不甚瞭解別人的世界，以至於處於人群之中時常沒有安全感。別人到底怎麼回事，他永遠無法正確得知，因為唯有密切相處，而且彼此欣賞喜歡，才能累積出心得；而他對此非常排拒，只好靠著猜想臆測來調整人際關係的方針，極度惴惴不安，不曉得自己對別人的印象和觀感，乃至於自己的舉手投足，是否與事實相符，是幻想或投影，或者屬實？他都沒有把握。

讓我們借用舒茲漢克（Schultz-Hencke）形容分裂人格的一個圖象，來說明他們所處的世界。你我應該都有過這樣的經驗：坐在火車站的一列車廂裡，旁邊的鐵軌上也停著一列火車，火車開動時很緩慢，幾乎感覺不到震動或搖晃，一時之間肉眼很難判斷，究竟哪列火車在緩緩開動？直到我們能夠確定自己的火車還停留在原處，而旁邊鐵軌上的火車持續向前行駛時，或者二者相反，才明白過來。

這幅畫面很恰當地表達人格分裂者的內心世界：他永遠不確切明白，是否一般人面臨同樣情境時，不安全感也會一拳打過來；他的感覺、知覺、想法與想像，是否僅為一人所有，抑或大家皆然？由於他的人際往來可有可無，在人群中很容易茫茫然不知所措，自己的經驗與印象便游移在懷疑的邊界，不清楚自己的判斷是出於事實，或出於胡思亂想而已。別人看我的眼光究竟充滿嘲諷呢，還是我又亂想了？今天上司對我特別冷淡，他不滿意我什麼，他平常不會這樣的，還是我多心了？我是否引人側目，哪裡不對勁兒，難道我搞錯了，要不然別人幹嘛這樣瞅著我？

這種不安全感會使人猜疑、病態地對號入座，風馬牛不相及地臆想以及知覺混淆，內心與外在都是非不分；但人格分裂者不認為他是非不分，因為他把自己的投影視為真實情況。當他因欠缺與別人的密切關係，無從改善心中的不安，而這種憂懼演變成經常性的心理狀況時，不難想像這有多折騰，他有多焦慮。想找人傾訴自己的不安與恐懼，但他一向欠缺值得信賴的朋友，不被人瞭解，而被人譏笑，甚至被視為瘋子，想到這些他必定坐立難安。

我們將繼續探索完全不信任別人，覺得不受保護的先天、後天，以及後續的發展原因。這股不安促使人格分裂者發憤尋求安全感，因此成就出特殊才能，理智又冷靜，這樣才能在芸芸眾生中有個比較好的避風港。感性、感覺會造成不安，所以他們只追求保證可以得出結論、讓人百分之百放心的「純粹」的知識。看到這裡我們不難明白，人格分裂者為什麼能夠全神貫注於科學研究，因為他們從中獲得安全感，並且得以暫時不理會自身的感受。

相對於理智的發展，屬於感情的部分卻退縮了，因為在這種關係裡需要一個「你」，或是一位伴侶，以便傳達情感和感覺。智力高人一等，情感方面卻很遲鈍，這是分裂人格的特色：他的情感處於未開發狀態，有時候會停滯枯萎。這使得他們拙於人際來往，為日常生活製造出無窮無盡的難題；與人相處時，他們缺乏一種「中音」，體察不出細微的枝節，即便最單純的關係也有可能問題叢生。試舉一例：

一位大學生必須上台做口頭報告。他一向沒有朋友，因為他總是過於「自大」；藏在驕傲背後的，其實是缺乏安全感。所以，他沒有想到可以向同學打聽一下，應該怎麼做口頭報告。這個問題啃囓著他，問題的重心是他本人，而非報告本身。他非常沒把握自己上台解說時，能否讓聽眾滿意；他時而想像同學們對他佳評如潮，但轉瞬又自卑極了；上一秒鐘他顯得超凡傑出，似是曠世天才，下一秒鐘又跌落平庸與不足的深淵。其實，他只需要把自己的報告和其他同學比較一下就好了。但是他想，在同學們面前問起這件事多尷尬呀，而且自己也覺得難為情，他不知道這再平常不過了。他沒來由的過度恐懼都是因為不與同學往來而起，如果他和同學培養出自然的合作關係，這些力氣就可以省下來。

類似的情形和行為模式對人格分裂者而言不勝枚舉，平添日常生活中無謂的困擾，然而他們卻一直看不清自己的問題在於人際層面，而非能力不夠。

分裂人格的感情世界

前面已談過，精神分裂的人在人際關係上特別麻煩：上幼稚園、加入班級社團、進入青春期、與異性來往、和伴侶的關係等等。別人接近一步，他就愈害怕退縮，當他想親近某人時，愛人以及被愛可能產生的風險來勢洶洶，襲擊著他，以至於別人眼中的他，充其量像個渡口。

父母與照顧者及人格分裂者童年時期的相處情形，和早期分裂人格的形成有一定的關係，早日發現可望在分裂人格深鑿之前，減緩其嚴重程度。如果一個小孩在幼稚園或小學裡交不到朋友，別人以及他自己都覺得像個局外人或獨行俠；青春期的半大孩子不熱衷與異性交往，只是埋首書堆中，排斥任何與人接觸的機會，以做手工藝或從事其他活動自娛，始終獨來獨往；如果這時期他的人生觀一片晦澀，獨自苦思生命的意義，不與別人交換意見，這些都是警訊，父母應該尋求諮商。

緊接著青春期之後是與異性交往，這為人格分裂者帶來更多的問題，因為我們將與心儀的人的心靈以及身體都十分親近。每一次邂逅，自我以及獨立同時受到波及，尤有甚者，我們多開放一些，卻也希望更保有自我。邂逅往往如同攀岩，我們無從預知會發生什麼問題，也不太會保護自己，只覺得苦澀和痛苦。一個分裂人格者如何表達自己渴望親近意中人，與之分享親密關係和愛情？日漸強烈的情欲又如何啟齒呢？到了這個年齡，前文提過的人際網絡出現破洞，缺乏「中音」，使得分裂人格者在與人交往時笨拙不堪，尤其在建立兩性親密關係時，更是困難重重。在這樣的關係中，他也少了一個調和自己舉止的中間色調：既非勇於追求的征服者，亦非樂於奉獻的迷人角色。深情款款、言語或情感上的示愛，對他而言都很陌生，他不懂得體貼，沒有融入另一個人個性與感覺之中的能力。

在惱人的渴慕以及害怕親近的衝突中尋找解決辦法，看起來不盡相同。通常分裂人格者採取簡單的策略，譬如態度冷漠，要不就是維持純粹的性關係，並且不帶任何情感。他的伴侶之於他充其量是個「性愛物品」，只滿足他的生理需求，除此之外，他了無興致。也因為他與伴侶之間沒有真正的情感，換情人像換衣服一樣輕鬆平常。他用這種方式保護自己，免得愈陷愈深，面對感情他手足無措又缺乏經驗，總以為愛情很危險。所以，當異性表示傾心於他，他便將之推拒於門外，因為他不知道該如何負起責任，被人喜愛讓他覺得尷尬萬分。

一個男人走進婚姻介紹所，翻閱相簿，想從中選一位最不合他意的小姐；這麼一來，她就不可怕，不會挑起他的情感。

只有當女人知道她永遠不會再見到這個男人時，她的身體才能夠和他纏綿。

一位已婚的男士在與自己家庭所在的同一個城市裡還有另一棟房子，當他覺得需要保持距離時，就躲到這棟房子裡，沒有人找得到他，直到他再度興起回家的念頭。他必須這麼做，好趕走一些和妻子以及家人之間過多的親近與需索（家人因他經常落跑而尋求更密實的聯繫，他於是更想逃了）。

這些例子讓我們看出，分裂人格者多害怕與別人有關係，被人套住，被說服；明白這一點，我們才能掌握他們怪異又費解的反應。

分裂人格者只屬於自己，並且只信任自己，不管是真實的或純屬臆測的侵擾與干涉，外來者意欲跨越他孤立的藩籬，他都高度敏感，據此保住自己的憑依。這樣的行為舉止當然很難與人互信互賴，遑論發展親密關係。義務責任之於他形同束縛，要付出的太多，特別是與伴侶之間，伴侶需要他只會使他不耐煩。對責任與義務的畏懼頃刻間膨脹，當這種畏懼變得無窮大的剎那，他甚至會在教堂裡或法院結婚公證處轉身逃跑。

一位年輕男子因為女友催促而訂婚；他們交往數年，但他還不想定下來。他帶著戒指來找她，兩人一起慶祝訂婚。他離開的時候，把一封寫好的信投到女友的信箱，信裡他取消了兩人的婚約。

分裂人格者有這類的舉止一點兒都不奇怪，他們可以是遠方極好的筆友，但一旦要進一步交往，立刻閃人，並且把自己封閉起來。

前面提及人格分裂者的性關係中抽離了感情因素，他的情慾體驗也很孤絕；伴侶不再是「性愛物品」，而他的情感生活只能按照這樣的模式進行。他對溫柔的前戲一無所知，不懂情慾，只是依著自己的需求找伴侶，然後直接達到目的。親密行為變調，令伴侶感到痛苦；他的方式粗暴，使伴侶身體疼痛。隱藏在這些行為背後的，是希望藉此看出伴侶的反應。需求被滿足之後，愈快離去愈好。「事後」在他的性行為上表示「恨不得立刻把她丟出去」，這正是一位擔心伴侶向他表露情意的分裂人格者典型的態度。

更棘手的是，分裂人格者根本不相信有人會愛上他，於是把夾雜在愛與恨之間的矛盾轉嫁到伴侶的身上。他不斷地針對自己的懷疑做測試，要求提出翻新的愛的證明，以便消弭心中的疑點。再發展下去，極有可能變成精神上或實質上的性虐待狂，而他的行為則愈來愈危險；他輕視、低估伴侶表現愛意的盟誓和訊息，推敲再三，疑神疑鬼，或者惡魔似的曲解。譬如伴侶忽然濃情蜜意，他的解讀是對方良心不安，有罪惡感，不然就是企圖賄賂（「你到底想要做什麼？」「你是不是想彌補什麼？」）。抽象的心理聯想，提供了這類解讀無窮無盡的空間。小說《安靜枕頭》（*Das Ruhekissen*）中，羅塞弗特（Christiane Rocefort）刻畫的就是這樣的一種關係，尤其淋漓盡致的是，讀者看到原本可愛的女主角，長期與分裂人格者在一起之後，最後包容力蕩然無存的情節。

分裂人格者也經常用一貫的玩世不恭搗毀伴侶的溫柔，因為這樣對方才不會對他瞭解太深。每當伴侶要向他傾吐時，他便把對方置於一個會受傷的處境，他的態度、表情或者言語都充滿了諷刺、愚弄：「你的眼光像狗一樣忠誠」、「你應該知道自己有多可笑」，或者「別再說你多愛我，直接進入主題吧」等等。

這麼一來，伴侶的愛當然有系統地被摧毀了，除非伴侶的能耐超乎尋常，任勞任怨，出於罪惡感或害怕失去這份愛，不然就是有其他的動機，必須容忍一切，也或許是被折磨時會得到些許快感。否則，伴侶到最後應該會撤退，開始痛恨精神分裂的情人，但分裂人格者卻把這視為一種勝利，（「現在你可要露出真面目了」），殊不知是自己讓伴侶變成這樣的。史特林堡（Strindberg）自傳體的小說中有許多這類分裂人格的戰術，對患者的生活背景，人格發展的描寫，令人印象深刻。另外，例如《女孩的兒子》（*Der Sohn einer Magd*），柏格（Axel Borg）動人的小說《在開放的海邊》（*Am offenen Meer*），對分裂人格的描繪都很逼真寫實。

冷漠的感情持續發展下去，會走極端的偏鋒，變得病態，窄化強暴以及強姦殺人的真正意涵，如果分裂人格者對伴侶的恨以及報復行動並沒有很清楚的意識，心理學上稱之為「轉譯」，就會使如同原始的童年再現，而展開報復。沒有完全融入個性、被分離開來的衝動最為危險，會讓人無從體會伴侶的感受和情感，有可能犯下所有的暴力罪行。

分裂人格者不易與伴侶建立親密的關係，要找個伴兒也很困難，只好獨來獨往，當自己的朋友，滿足自己的需求。不然他就找替代品，譬如崇拜偶像。迷戀偶像還是無法幫助他培養愛人的能力，因為他的愛仍然殘缺，也難以表白。

分裂人格者的性發展往往不脫稚氣，即使個性截然不同的人也一樣。有時候他們傾向把未臻成熟的小孩或青少年當成性伴侶，認為這樣可以減少心中的疑懼，並且取得孩童的信賴。

愛和希望奉獻的欲望一再被壓抑，有的時候會轉化為無以復加的醋勁兒，甚至嫉妒到要發狂。他覺察到自己有多麼不可愛，沒有愛人的能力，很難留住喜歡的人。因此，他所到之處必須嗅出情敵的氣味，他以為這些對手比他高明，也比他值得愛；這通常不無道理。伴侶沒有惡意、很自然的舉動都會引起他的高度戒備，刨根究底，堅稱伴侶心懷不軌。他愈是胡思亂想，兩人關係就會變得愈糟，終歸破裂，當他興味十足地摧毀兩人的關係時，自己其實也很痛苦，但他別無選擇。他的動機大致如此：如果我不再被人所愛，寧可自行摧毀，雖然這令我痛苦不堪，但至少我是行動者，而非坐以待斃。如此一來，不難理解為什麼正當他希望愛與被愛的時候，表現出來的卻一點兒都不可愛。與其傾力追求心上人然後被拋棄，他寧願選擇讓愛人漸漸遠去。小心翼翼不讓自己失望，這對分裂人格者而言很平常，他們大部分下意識地觀察、考驗伴侶：如果我這個樣子他還是愛我，那才是真正的愛。分裂人格者心力交瘁，只為了證明自己值得人愛。極端的猜忌和吃醋會導向謀殺：如果他不愛我，也不可以去愛別人。

分裂人格者以為自己的害怕付出是源於不喜歡與人交往。與生俱來的愛人的渴望在不斷壓抑中堵塞了，擴大了恐懼，以至於他想像伴侶應該任憑他擺佈，伴侶要放棄自我，被他消耗殆盡。伴侶之於他因此有一股魔力，稍有消褪他就更加恐懼，而我們根據這些會比較明白分裂人格者一些莫名其妙的舉止，尤其是感受到伴侶巨大無比的魅力時，魅力瞬間變成一種威脅，因為他受到牽制，於是愛轉成恨；他不知道伴侶的致命吸引力是他投射過去的。

分裂人格者不太敢嘗試長遠的關係，比較傾向於短而濃烈、時好時壞的關係。婚姻對他而言，涵蓋了所有的不完善，難怪他一旦不滿意，理所當然要離婚。他認為長期的關係中免不了有背叛對方的時候，堅持自己擁有自由，理論多於實際，他無意給予伴侶和他一樣的自由。通常他是婚姻理論家、改革家，至少他勇於挑戰習俗與傳統，捍衛自己的生活方式，按照自己的意思過日子。說起來，他比任何人都誠實，並且有勇氣堅持自己的信念。有的時候他也能擁有長時間的關係，只是被法律給嚇退了，經營類似婚姻的關係但不願結婚。童年時與母親的關係不好，或者對母親非常失望的分裂人格者，會喜歡與年紀較大、比較有母性的女性交往，童年時渴念但得不到的，可以在女友身上獲得補償。這樣的女性有時能給他溫暖和安全感，要求又不多，是上天賜予的禮物，完全理解他，他無法給予的東西她絕不強求，因而緊緊繫住他的心；他鮮少如此輕鬆。只有早年受創很深的人才會產生對婦女強烈的恨意，女士當前常有復仇的衝動。分裂人格者早年的生活讓他不信任女性，覺得女性很危險，所以傾向於喜歡同性，或者找一個有男兒氣息的女伴，或對他而言「完全不同」的女伴，譬如說柔媚非常的女人。這樣的關係有若手足、同學，建立在共同的興趣上，而非源於異性的性吸引力。所有的關係中最難的是持續的親密，夫妻當然要分房而睡，另一半如果不希望激他抗拒或保持距離的話，勢必得接受他的規定。

總而言之，精神分裂的人最難培養愛人的能力。他的自由和獨立若受到脅迫，對什麼都異常敏感；他的情感表達十分稀薄，如果伴侶對他的愛不那麼強烈，同時又給他一個家以及安全感，他會感激涕零。願意瞭解他的人，可以贏得他的好感，只不過他不善於表露也不一定會承認。

分裂人格的侵略性

下面的章節中要談侵略性，這裡的侵略並非恨的意思；侵略性是最常用來表示恨的語言，又可以清楚地描繪出與恨不同的現象。害怕與侵略性密不可分，厭惡與恐懼會引爆侵略性，小孩會用「不喜歡」來表示心中害怕。當時我們還小，不懂得處理自己的情緒，也不諳克服恐懼的能力，只能無助的屈服在厭惡和害怕之中。童年的經驗如挨餓、受凍、疼痛；生活規律以及生活空間遭到侵擾；感覺器官負荷超重，行動受到很大的限制；自我的存在遭受太多破壞和干預；寂寞……這一切會使孩子極度絕望。在這個時期中，害怕是最強烈的不快之感，每一個孩童碰到這種情況時，常分不清恐懼和憤怒的區別，因厭惡及害怕而產生的情緒，一觸而發展為憤怒或火大。

一個小孩要用什麼克服恐懼，抵消心中的不快呢？一開始是無助的惱怒，大吼大叫，腳踢來踢去，亂打一通，訴諸機械式的宣洩和爆發。幼童的意識裡還沒有你、我的分別，表達憤怒時也就沒有特定的對象，只能發洩自己的不滿，討厭所處的境況，抗議自己的身體受到侵犯。幼兒通常自然而然的表現他的憤怒，出人意表，不加控制，沒有特定關係的人，因此顯得毫不留情，事後也不會感到歉疚；會感到內疚時就跟「人」有關係了。

兒童的憤怒強烈無比，因為他徬徨無助，覺得受到脅迫，存在受到莫大的危害。他感受到憤怒與惱火，處於這種情境中的小孩會「非常火大」或「非常害怕」，他迫切需要發洩一番。他會反射般縮回自己的殼中，抵拒整個世界；前文提到的兩種行為是所有生命體不加修飾的表達恐懼和忿怒的模式：向內逃避、退縮、死寂；或者，向外逃避、發脾氣、攻擊別人。

分裂人格者若始終沒有交到朋友，無從體驗被愛護、保護的感覺，只覺得被排擠、受威脅，就會困在似假還真的攻擊與危險之中。這樣的反應仍然屬於初始的感官所有：當他一意消滅過重的負荷，亦即宣洩心中恐懼時，態度粗暴冷酷，一如英語中的「滾出我的體系」（to get it out of one's system）。

一個少與他人接觸，覺得自己的存在飽受脅迫的分裂人格者，突然之間發起火來，不難想像有多可怕。他們不再是原來的那個人，如同通訊中斷，與原先的人格沒有關聯。當他索取本能欲求時，根本不為別人著想。從其性行為即已看出他們的忿與怒，共同生活的情感被抽離，只剩下生理欲望，無從融入一體的感情世界裡。缺少同理心的他們，是不可能從這種殘酷情形中緊急煞車的，所以，他的怒火只是宣洩內心的分崩離析，不受牽制，事後也不會有任何的不好意思。沒有安全感的分裂人格者無法想像自己的行為會對別人造成什麼影響，認為自己「只不過」稍加抵抗罷了，不把別人的感受放在心上。他們不知道自己苛刻、傷人和粗暴。有一篇關於一位青少年殺了一個小男孩的報導，當被問起殺人的動機時，青少年聳了聳肩說，他其實沒啥特別的理由，只覺得那男孩有點兒煩。一個孤獨、不與人共同生活的人，從潛伏已久的憤怒爆發出來的恨，往往使被牽連的人一頭霧水，而且極度危險。和無法融入感情的性欲一樣，他們把自己的行為合理化，無所不用其極。《巴曲的自畫像》（*Selbstporträt des Jürgen Bartsch*）中有聳人聽聞的例證。

美國心理學家辛載（Kinzel）認為在牢裡蹲著的人的攻擊性是一般人的兩倍。有攻擊性的人——我們將之歸納為分裂人格者——一旦惱火起來就超出常軌，陷入慌亂之中，變成狂暴的攻擊者。有一位病人曾經生動的敘述分裂人格者的世界：「誰打破我的距離，我就恨死了他。」這讓我們想起《假想敵》（*Das sogenannte Böse*）中，作者羅倫茲（Konrad Lorenz）所描寫的動物，當牠們的勢力範圍被侵犯時，立刻撲上前去的反應。

分裂人格者沒有安全感，孤立無援，因此心生猜忌，把別人的親近當作威脅，一開始他覺得害怕，然後用攻擊作為回應。明白分裂人格者對生命的基本態度後，他令人費解的舉止也就有了答案。不經修飾、抽離自己、分裂的憤怒可以演變為暴力行為，如果有人向他逼近，他可以像踩死一隻討人厭的蟲子一樣把他消滅掉。他所有的本性及欲求都與人無關，於是將自己的情緒合理化，變得反社會，犯下罪行。

即使不舉這些比較極端的例子，對分裂人格者而言，控制怒火還是一件難事。通常他們不需要忍耐什麼，受苦的是他們周遭的人事物。原本只是要排解害怕的情緒，到了他們那兒，就變成了樂趣無窮的攻擊行為，一意孤行，所有殘忍可怕的手段都派得上用場。性虐待、粗暴、尖酸刻薄、極度冷漠、不可親近、玩世不恭，翻臉比翻書還快，拒人於千里之外。他們也欠缺掌控自己怒氣的「中音」，不會衡量情況，只看表面，以他們的生活來看，他們認為自己的行為合情合理，並無不妥。

分裂人格者的攻擊性還有另一種功能，他用憤怒來抵拒保護（也可解釋為「不打不相識」），藉著展開攻擊，因此與人有了接觸，這似乎是他唯一的橋樑。攻擊是他爭取某樣東西的方式，與青春期生澀的追求異性的情況差不多。分裂人格者把害怕與渴望混為一談，把青澀的溫柔情意藏起來，變成粗糙火爆的攻擊行為；他恐於面對尷尬，隨時準備撤退；遭到拒絕或擔心被拒時，原來的好感頃刻變成反感，對什麼都不在乎。

分裂人格者的朋友得注意了，他們的攻擊行為也有可能是一種追求和爭取。他們易怒，拙於表達情意與正面的感覺；就是因為他們不與人來往，自己也顯得很沒信心。根據我們從事心理治療的經驗，如果我們給他們足夠的時間，慢慢地把心底的溝渠填平，他們會有認知自己憤怒情緒的能力，從而學習如何與人相處。

環境因素

要怎麼樣才能把分裂人格者害怕付出，誓死捍衛「自轉」的生活方式，以便保護自己的人格形成過程說得清楚呢？

他永遠處於細緻敏感的情境，寂寞、脆弱、心靈容易受傷。他刻意與周遭保持距離，別人的身體或心靈靠近他，會引發他類似雷達般精微的反應，隨之而來的情感登堂入室，都讓他覺得「太吵了」。距離之於他有絕對的必要，這樣他才能處於其中並且活下去。距離給他安全感，覺得受到保護，別人不得其門而入，不會一下子就闖進來。他在自己的世界裡很放得開，不設防，畫定範圍，有的時候為了避免被外來的刺激所淹沒，他也會關起一兩扇窗。

也有一種可能，他處於一種強烈的機械式膨脹、暴力訴求的情境，不太喜歡朋友，也缺少社交的能力。別人眼中的他，當然顯得既麻煩又不受歡迎。與他來往，我們常覺得不受重視，老是被斥責，無法獲得他的肯定，也不被他所接受，最後只好退出。而這就是分裂人格者典型的特徵。

一個小孩如果一開始就對他的父母失望，尤其是母親，會影響他的身體與周圍環境的互動。也許他的性別不對，或者母親照顧他十分吃力，以至於無法全心全意愛他；不在計畫中誕生的孩子也常有這樣的遭遇。

再往下看，環境是形成分裂人格的關鍵。所以，我們有必要談一談嬰兒誕生之後，以及生命初始的幾個星期中所處的情境。

和其他動物不同，一個小孩出生以後，無法自立更生的時間非常長，所以極其依賴四周圍的人。波特曼（Adolf Portmann）因此說人類都是早產兒。

要讓一個小孩好好長大，必須有人照顧，這個小小世界必須是他能接受的，並且讓他漸漸產生信賴感。要根據他的年齡滿足他存活的需求。幼兒需要的是一種被保護、被扶助，以及快樂的氣氛，這樣，成長的條件才會在他身上生根。小孩若是沒有這樣「天堂」般的感覺，要什麼有什麼，就無從培養信心，當要對生命有所付出時，他會有被吞噬的恐懼。

奇怪的是，我們對小孩生長的必備條件所知太少，常低估他們的個別差異以及行為能力，我們也忽視外來影響在他們身上產生的作用。瑞士小兒科醫師史汀尼曼（Stirnimann）對新生兒做的實驗令人印象深刻，他的著作《新生兒心理學》（*Psychologie des neugeborenen Kindes*）有幾段相關的敘述：「還算嚴謹編寫的書中……認為六週大的嬰兒根本對疼痛沒有感覺……事實不然。在一個謹慎進行的實驗中我注意到，嬰兒出生幾天後，接受第二次預防注射，在消毒的時候就開始哭了。」關於記憶：「……出生前的記憶會保留下來：夜班護士發現家裡開店的嬰兒一直到半夜還清醒著，不哭也不鬧，而麵包師傅的小孩常在凌晨兩三點時就顯得騷動不安。母親白天幹的活兒，晚上幾點休息，嬰兒早在出生前就習慣了這樣的動靜規律。」

還有很多可以研究，從史汀尼曼的觀察得知，我們太疏忽新生兒的敏感、知覺以及情感，以為照顧他，給他食物，為他清潔等事情比較重要，對新生兒來說這應該足夠了。經過詳細研究童年生活，尤其是弗洛伊德及其弟子的心理分析，加上行為研究，我們得到了全新的觀點。感謝這些專家，我們才曉得嬰兒甫出生的幾個星期中所得到的印象及經驗有多麼重要。

一八一〇年，歌德與柯內博（Knebel）談話時曾經提及：「有一件事我們做得很糟，那就是對最初始的教育太外行。殊不知這對小孩的個性以及將來成年後的生活，有絕大部分的影響。」多年來我們任由諸如此類的高見散置一旁，沒有深入研討。

今天我們知道，嬰兒除了不可或缺的各種照顧之外，他也需要溫暖、關愛、適當的刺激，例如安靜穩定的成長環境，這樣他才能夠有自信、活潑，有責任感。其中最重要的是要給嬰兒足夠的身體接觸，讓他感受溫情。

若是嬰兒初始的世界讓人害怕不安、空洞、被侵擾，他會畏縮、嚇退了。太早以及過於強大的不信任經驗，使得他無法信心滿滿迎接世界。嬰兒經常長時間獨處，世界空茫一片，刺激太強或印象過於繁雜，就可能形成分裂人格，他與世界的關係已蒙受損害，只好退回自己的殼中。

史畢茲（René Spitz）以育幼院長大的小孩做實驗，一出生就與母親長時間分離，或者很早就經歷到母親離去的小孩，即使平均一位褓姆照顧十個孩子的育幼院提供最有營養的食物，無可挑剔的衛生清潔環境，在小孩成長過程中仍然有難以彌補的創傷。被冷落或被太多刺激嚇壞了的孩子，或許晚熟、單向發展、表現落人於後，或許有著與年齡不成比例的早熟，因為他們的生長條件不是太過就是不足，因而萌生幼齡不該有的恐懼心理。

不被愛或者父母不希望有卻自動來報到的嬰兒特別容易形成分裂人格，有的孩子生病長期住院，經歷到母親離去的創傷。母親不愛、不在乎小孩；母親太年輕，個性未臻成熟；母親沒時間，把孩子交給冷漠的人照管的「金絲雀小孩」；母親生產後很快去上班，小孩長時間獨處，無法給孩子關愛的例子都一樣。

嬰兒時期缺乏關懷與愛是形成分裂人格的一個主因，同樣的，過多的刺激，譬如母親不讓嬰兒安靜，不知道孩子究竟需要什麼，則是另一個主因。這麼說有些模稜兩可，我們應該深入探討：一個剛出生的嬰兒，四周環境應該很堅強穩定，讓他無憂無慮，然後逐漸贏得他的信賴。熟悉是信任的基礎，假如照顧他的人經常換面孔，環境變化頻仍，感覺器官應接不暇各種刺激，他將無法一一吸收（例如收音機或電視機不斷發出的噪音，光線太亮，睡眠時亦同，過多累人的旅行等）。這樣的母親以及這類的騷動，都會侵犯到嬰兒對安靜以及獨處的需要；做母親的不停地和孩子玩，抱著到處走，不給小孩有建立自己規律的機會，也會把嬰兒嚇得縮回去，搞不清楚狀況。另一種情形是孩子的器官尚未發育完整，就苛求他達到某些目標，也會形成分裂人格。還沒學會處理自己問題的小孩，不得不周旋於難搞定或個性不成熟的大人之間，他於是很早就學會了嗅出硝煙，察言觀色，以便備戰，或者避免讓災難降臨到自己身上。沒錯，他們因為裡裡外外都沒有依靠，只好把父母的責任攬過來，扮演自己的父母親。對小孩而言，這個負擔當然無可言喻的沉重。他還來不及發展自我，父母的角色就強加到他身上，他必須瞭解成人的世界，而他自己還是個小孩子，卻得處處設想週到、斡旋其間、理解並且權衡局勢。他為別人而活，而不是為自己而活。如此一來，不僅他的童年被竊取了，他的本質也沒有獲得良好的發展，屬於生命基礎的安全感因此殘缺不全。

我們活在世上，盡量不讓自己受到傷害，一如齊格菲（Siegfried）在龍血中沐浴，為的是不讓世人識破他的弱點②，然而人的脆弱無法全部被遮掩住。怎麼樣可以讓自己不受傷呢？情感上遙不可及是其一，頭戴魔帽隱姓埋名亦若是。他的臉平滑一片，教人看不透，別人永遠無法得知他是什麼樣的人。至於丟不掉的情感，他培養出一種能耐，用意識來操控、分配劑量。心有所感的當下，學著在頭腦清楚的情況下，讓情感注入或退回去，無論如何不讓情感自由自在的流露、發生；因為感情是危險的。一位年輕女病患的女友說，她朋友的父母曾向她抱怨女兒對他們忽冷忽熱時，她考慮了一會兒，然後說：「好吧，我收回我的恨意」；其實她與朋友的父母根本不熟，而且與此事無關。

附帶說明一點，成人的感官印象也有極限；有些國家在審問犯人時，持續製造噪音，運用刺眼的燈光，以便耗損犯人的意志；長久的寂寞孤單以及昏天暗地也有相似的效果。當然，嬰兒的極限要小得多。

②譯註：龍血為肥沃和力量的象徵。

綜觀上述，還有一點也意義重大，那就是嬰兒是吃母奶，還是喝牛奶。母親按時到嬰兒身邊，一起享受餵母奶的親密，不僅讓嬰兒逐漸認識這個無條件滿足他需求的人，他同時也興起為人的第一個希望之光，心中充滿感激和愛。不一樣的人來餵嬰兒喝牛奶，每個人對待嬰兒的方式不盡相同，會使得初始的發展有些困難。這樣的學習過程太複雜，和吃母奶的嬰兒不一樣，因為他不只和一個人建立親密關係。我們知道分裂人格之所以形成，缺乏聯繫是其中的關鍵，那麼，這裡提到的母親與嬰兒之間少了一分親密，也是重要因素。

所有我們描寫過的創傷殊途同歸，都會讓嬰兒從一開始就抗拒這個世界，保護自己，或者對這個世界感到失望。如果他在外找不到替代的人，他就縮回去，當自己的夥伴，以至於別人都不得靠近。如果他後來依舊缺乏正面的經歷，上述的鴻溝，就會造成他傾向獨立、自我中心、只與自己聯繫。

在戰爭中長大的嬰兒，與前文提及在特定環境（出生才幾星期，四周騷動不安，如夜間轟炸、難民悲慘的命運、與家人分離、失去家園等）中長大的嬰兒，很容易造成分裂人格：他們對家庭很反感；喜歡參加社團以及大型活動，在團隊中有歸屬感又不必與人密切來往；與異性的關係多半不熱絡，也算一種。分裂人格的藝術表達震撼人心，但往往是排斥一切的。弗爾麥斯特（Fuhrmeister）和威森赫特（Wiesenhütter）合撰的書《新音樂》（*Metamusik*）中有此一說，只演奏前衛音樂的樂團與音樂家，練習之後往往覺得身心不舒服。

大環境也讓西方人容易人格分裂：不夠安全；生活舒適但危機四伏；我們的情感因大量無所遁逃的刺激而脆弱不堪，擔心戰爭一觸即發把我們通通毀滅掉；無法預知科技發展帶來什麼危害，我們覺得飽受威脅，唯恐人格分裂。現在很多人練瑜珈、冥想，藉由毒品探索內心世界，嬉皮和遊手好閒人士有意識的要消滅高科技，以此對抗貧瘠的心靈環境，但又無法掌控全盤局勢，我們的疑問一天比一天多。要戰勝自然，研發超越時空的技術，較好的生活條件，在在使我們難以放開懷。所以，接下來我們要談一談西方社會何以形成分裂人格。

嬰兒時期缺少應有的安全感，加上不利的環境因素，很容易造成分裂人格。至於出生前在母親體內的環境是否有影響力，很少人加以研究；即使有恐怕也是揣測而已。史汀尼曼在他的書中寫道，可以證明胎兒有聽覺：讓一位孕婦站在X光的儀器前面，然後按汽車喇叭，看得出來胎兒會縮成一團。也有可能，是母親把自己的感受傳給腹中的胎兒。如果母親不接受懷孕的事實，孕育新生命時滿心不情願、敵視、拒絕，甚至對他懷著怨恨，子宮裡的胎兒都會感到不安。

分裂人格的故事

一位才華橫溢但個性倔強，不太與人來往的音樂家，幾乎三餐不繼。一位朋友幫他介紹了一個待遇不錯、又符合他興趣的差事，這可以說是幫了他一個大忙。他答應接下這份工作，該到職的那天，他沒有去上班也沒有請假，因此丟了差事。他對自己說，那位朋友不過要向他炫耀本事罷了，以便親眼看到他慘兮兮的模樣，天知道朋友是不是同性戀呢？

他不接受這個可以改善他生活的工作，只是害怕變得依賴，欠朋友一分情。這都是他自己的解讀，強加莫名其妙的動機到朋友身上。他的行為的確費解，深藏其中的意念卻是在考驗朋友：如果他真心想幫我，我這麼做絕對嚇不倒他；如果我這德行他還是肯拉我一把的話，表示我對他真的很重要。

從這裡我們得知，想從這種惡性循環中掙扎而出，與別人建立全新的關係，根本不可能：誰知道該在何時信誓旦旦，好讓他相信一切？誰又有這個本事，可以忍受他的怪誕？一般而言，世界上没有這種完人。

這位音樂家的情形更複雜，因為他強烈的希望朋友無視於他怪異的行為，繼續幫助他，不放棄他。關於他的第一個臆測，他其實應該修正自己對人的看法，信任別人，而這正是他渴望的；至於第二個臆測，只會強化他人皆不可信的態度，繼續在他英雄式的孤寂中備嘗辛酸，更加蔑視別人，而這對他比較輕鬆容易。

他經常有不同的女友，没多久就把人家甩了，因為他討厭這位小姐的穿著，不喜歡另一位的腿，第三位則是教養上出了問題等等。他把保護自己、避免與人聯繫的心理合理化了，愛上一個人對他來說，等於危險接二連三地來。我們對他僅有的認識是，他是非婚生子女，小時候被不同的親戚收留，一直覺得自己很累贅。

第二個造成這種人格的例子：

一位中年男子一直以自己是局外人而苦惱萬分，他覺得自己没有真正的歸屬感，別人不是拒絕他，就是用嘲諷批判的眼光看他。這讓他十分痛苦，他因此惶惶終日，職場上也屢嘗敗績，因為他是同事眼中的怪胎，「麻煩得不得了」，現在他跌入惡性循環中，對人事物的反應愈來愈奇特。他時常師出無名的頂撞他的上司，說一些傷風敗俗的話，沒來由地嘲笑挖苦同事，穿著和生活方式都引人側目，以至於同事對他敬而遠之，不想跟他有任何瓜葛。

他與人之間的距離愈拉愈大，一天比一天孤獨，外在的環境起著變化，他的心情也千迴百轉，與衆不同、陌生、詭異。於是他愈來愈像一隻不合群的黑羊，他活在這種氛圍中，同時製造這種氛圍。沒有人真正認識他，同事只覺得他怪里怪氣，並不想瞭解他拒人於千里之外的原因。不消多時關於他的謠言就滿天飛，他大概「不太正常」，可能性生活不如意，或許政治上不正確等等。簡言之，他有問題，雖然誰也不清楚哪裡可疑、為什麼可疑。同事們不認為他們只是把未經思考的問題投射到他身上而已。沒有人會對他打開天窗說亮話，他隱約覺得同事逐漸躲著他，四周都是一雙雙懷疑的眼睛，一看見他就彼此使眼色，他不知道他們究竟在幹什麼。簡言之，雙方都搖擺不定，就這麼惡性循環下去，問題無解。

我想多談一談這位男士的成長背景，看分裂人格怎樣在他身上萌芽，當他長大遇到人際往來的難題時，他覺得不可思議，逆來順受，卻不知道真正的原因。

他成長於一個非比尋常的環境，父親是旅行作家，在他這個獨生子還年幼的時候在文壇上就享有盛名。父親收入豐厚，因此生活豪奢、夜夜笙歌。母親沉湎在宴會和錦衣玉食中，沒有時間照顧孩子；說穿了是缺乏興趣與母愛。所以他從小就由女僕，後來是一位黑人男僕照顧。記憶中這兩位褓姆對他不算太壞。

五歲的時候，父母親離婚，之前他的父母就聚少離多，雙方都認為這種婚姻時髦，各自擁有自由、豔遇不斷。父母離婚後他跟父親住，剛開始他被告知，母親「要離開一段時間」，就沒有下文了。不多久母親回來了。他則很久以後才獲悉，母親因精神疾病住院了兩年。我們可以推測，母親之前的精神狀況也不會太好。父親離婚後很快地就與母親的妹妹結婚，這是他的第三次婚姻。繼母對他的母親懷著舊恨，因為母親從小比繼母得寵；男孩長到十五歲的時候，繼母自殺，父親於是結第四次婚。

X先生在這樣的環境裡長大，始終覺得自己像汽車的備胎；沒有人真正關心他；小時候他就覺得自己礙事、多餘，不受歡迎。這些感受後來又被強化了：他父母親的房子位於城外與世隔絕的山丘上，附近沒有幾戶人家，小男孩找不到玩伴。父親特立獨行，喜好杯中物，生活風格異於常人，日夜顛倒，為了不受干擾，他只在夜裡寫稿，白天則用來睡覺，加上父親經常在外旅行，一出門就好幾個星期，做兒子的很難看得到父親。他不太把團隊紀律放在心上，堅稱紀律是專為笨蛋和軟弱的人而設定的。

兒子到了就學年齡卻不去上學，請了家教到家中上課，家教換了一個又一個，一直到十歲的時候他才正式入學。此時，他的社交困難首次浮現，前面介紹過他的生活，所以這並不讓人太驚訝。他進入學校之前，的確沒有與同年齡的人來往的經驗，也從未參加過社團。在課堂上他為自己安排了飾演的角色，把自己隱藏在其中。有些時候他故意顯得滑稽突梯，逗得同學哈哈大笑，他藉此覺得自己受歡迎，成了班上的小丑，後來更變成我們今日形容的蠻小子。為了討同學歡心，他嘲笑一切，捉弄老師，對警告和處罰都漠然以對，逃學等等等。父親對他的德行欣賞有加，以至於他也靠這個贏得父親的喜愛。他和父親一樣，不遵守團體紀律，父親頗以他為榮。

儘管他渴望友誼，但從不曾得到過，因為別人只認為他好玩，有娛樂效果，但終究是個滑稽的局外人罷了。他極有天分又聰明，同學雖然認可這一點，卻不願與他做朋友。

十二歲時開始發育，他後來稱之為「大病一場」：瘦、蒼白、竄高、容易生病，他一向就體弱，繼母於是退掉了他的體操課，禁止他從事任何運動，「因為你心臟不好，而你又長得這麼快。」後果之一是他從不覺得自己有健康的身體，身體彷彿不屬於他，顯得侷促又笨拙，他因此更難與別人親近或進行良性競爭。

繼母拖著他到處求醫，掩藏在其後的卻是厭惡反感。他必須長時間臥床，雖然沒檢查出什麼毛病。醫師配合演出，最後成功證實他得了慢性肺結核。從此他有兩年的時間得待在房間裡，甚至不准下床，生著病。這段時間他大量閱讀，不加以選擇，父親藏書豐富，能到手的他都看。有一次治療時他很貼切的形容自己：「我的情感比我的智力年輕了十歲。」分裂人格者常見的現象。「我不知道自己是同性戀還是異性戀。」他不甚確定自己的性傾向。

十四歲時他重返學校，嘗試與同學交往的成績不比第一次好。他孤單的留在家中的那兩年，正處青春期，與同學相比，他的經歷是那麼不同，在幻想中度日，沒有朋友，想當然爾，這又把他打回自己的世界裡，連與人交談都有問題。他再一次成為別人眼中的怪物，他加入的班級，同學間已經彼此相處兩年了。

有一次做未來理想職業的問卷調查時，這位十五歲的少年填寫的志願是「職業抽煙人」，裝酷的德行令人生氣，沒有人注意到他嘲弄的背面其實迫切需要幫助，他的行為已經在對周遭環境發出警訊。到了大學時代，他有戲劇性的轉變，完全變了一個人，但總算是一個新的嘗試，因為希望有所歸屬，他與同齡的人較勁兒，看誰比較有男子氣概。基於同樣的理由他後來去從軍，仍然是軍隊中的特殊人物，常因四體不勤成為袍澤譏笑的對象。

退役後他繼續大學課業，修習歷史、語言和文學。畢業後他又修教育學分，成為一位學有專精的獨行俠，只活在家裡的藏書世界中。學生敬佩他淵博的學問，因而不追究他的弱點。他二十四歲那年結婚，說得確切一點兒：他被安排了一樁婚事。不久妻子就抱怨他喜歡書本和研究勝過喜歡她，他大惑不解，認為自己已經盡最大所能去愛她。他這廂也頗為失望，因為妻子對他的精神領域以及嗜好不怎麼感興趣。結婚不久的這對夫婦很快就相互背叛，他有了同性戀的經驗，事後又懊悔無比，產生了被害妄想症之類的反應，這讓他開始了心理治療。

這兒敘述的故事蘊涵一些形成分裂人格的典型成長背景：距離遙遠、滿不在乎、幼年時期的照顧者迭遭更替、缺少親密的身體接觸、幼兒的需要被忽視；成長的關鍵階段欠缺指導、孤單獨處、與同年齡的人少有相處和來往、少有某個團體與社團的歸屬感、情感和信任感都沒有獲得良好的發展。這些都造成了他與人交往時的障礙，並非別人的反應讓他覺得自己是局外人，而是因為他缺乏技巧，只好一再縮回自己的殼中。

我們可以明白，在這樣的基礎上會發展出害怕付出與親近的個性，促使他自我保護，而自給自足顯然是唯一可行的辦法。不妨這麼說，分裂人格者不得不培養出一套本事，提昇他寂寞的價值；再往下走，很極端的例子就會變得自我陶醉，對任何人、任何事都懷有憤世嫉俗的仇恨，瞧不起人、玩世不恭以及虛無主義。沒有人注意到，藏在這些現象背後的憂傷，事實上，他對親密、信任、愛與被愛無限神往。我們可以想像，這樣的個性很容易發展成反社會人格和罪犯，猶如扳機一觸即發。分裂人格者擔心被拒絕，因此顯得漠不關心，冷淡，仇恨乃至輕視別人，都是環境使然，上文提及的種種使他難以翻身。

再舉一個簡短的例子，說明缺乏情感互動，藉由周詳的計畫來替代之的巧妙嘗試。一位分裂人格的病人有一次說道：「我總是有這樣的印象，別人發自感情的，對我來說卻是一連串快速的開與關的過程。」

這段話很逼真地表現出分裂人格者運用清明的智慧，感覺器官和思考過程雷達般的敏銳——「開與關的過程」，來取代他不高明的情感世界。

難以解決的沉重負擔和衝突，在身體上一一反應，所有的感覺器官，如接觸感覺的皮膚以及呼吸器官都有毛病；氣喘、濕疹都算是，有些病很小的時候就開始有了。皮膚是把我們和外在環境隔開，也使我們有所觸動的器官；分裂人格者的皮膚麻煩尤其多，血液不夠流通、容易罹患乾癬症和多汗症等等。

補充說明

我們再一次強調：分裂人格者的行為是他所有心靈印象的總和，無論出發點與反應都殘破不全，他的生命力與情感沒有任何交集。換句話說，當不同的經歷和人格特質融入他的感覺之中時，他並不會因此感到快樂。橫亙於理解力與愛人的能力、理性與感性之間的是不相同的成熟度；他的情感與理智不會在同一個軌道上並馳，也不會相融，成為一體的經驗。他從小靠著理智與感官感覺做為行為的準則，沒有豐富的情感導引可資借鏡，體察不出細微精妙的情感，以至於他只認得原初模式的情感，以及內心的激動與衝動；他表情達意的調色盤上一直都缺少中間色調，可以運用的，唯有黑白兩色而已。這一切皆起因於缺乏與別人的情感互動。

為了使自己在別人接近他的時候，不那麼恐慌，所有的事人格分裂者都盡量自己打點。這種傾向讓他不假外求，他繞著自己打轉，不讓別人有靠近的機會，很容易變得自我中心或利己主義者；於是更加孤立。我們知道，寂寞與孤獨壯大了懼怕的聲勢，所以，他體會到的恐懼遠遠超過一般人。當恐懼扭曲變形，到了他無法承受的程度——他所感所知的是別人都很怪異，而世界缺乏安全感。有一位病患曾說：「恐懼是我所認知的唯一實情」，他所謂的恐懼不是別人認可的那一種，其實他自己也無法具體描繪，他只是全心全意的害怕而已。另一位病人說：「我不曉得什麼叫恐懼，我身上某個地方大概有個叫做恐懼的東西，但它並不屬於我。」他把自己從他的恐懼情緒中抽離了，似乎沒有意識，這樣的情境何其脆弱，自我輕而易舉就被恐懼淹沒了。

能夠把心中的懼怕說出來，就是某種程度的解脫，如果他始終無法開口敘述自己的感覺，只好讓人當成瘋子；長期處在恐懼的情緒中，他的缺點及軟弱就會被凸顯出來，愈來愈害怕，到了難以擺脫的地步。接著，恐懼潰堤，演變為精神異常，一發不可收拾。他喪失理性，扭曲評估事物的標準，活在一個不真切的世界裡，得到救贖，他以為自己很健康，別人才病態——有時候不無道理。他把恐懼轉換成外在世界的一個東西，可以稍加迴避、抗拒或者消滅，但藏在內心的恐懼卻讓他舉手投降。

人格分裂者自閉的症狀愈來愈嚴重，對這個世界以及周遭的人愈來愈沒興趣，這是遺失客觀物體的前兆，對病人來說，彷彿世界消失了。換句話說，他對世界的參與和感情逐漸淡薄，世界之於他變得很貧瘠，「沉下去了」，空無一物，即將被消滅。人格分裂者常敘述類似的夢境：「我置身於一個自動旋轉的盤子上，盤子著了魔似的愈轉愈快，我愈來愈站不穩，滑溜到外面，時時刻刻都可能被拋出去。」或者，「廣大的沙漠上有一座水泥堡壘，牆面上有一些小小的射口；堡壘有重兵武裝，並且貯存了好幾年的食物。我一個人住在裡面。」這裡提到的寂寞、保護措施、防禦恐懼以及自給自足之必要，維妙維肖。「荒涼的雪地景觀；背後是幾棵斷枝的樹木，前面有一個小浴缸，浴缸中注滿了溫水；我覺得非常寂寞。」這是一位青少年描繪的夢境，他這樣講述他自己的故事：

父親從第一次世界大戰歸來之後，他來到這世上，排行老三，也是最小的孩子。父親的頭部受過重傷，敏感，脾氣又很暴躁，他們家農莊的修繕工程因此延誤許多。母親悉心照料父親，獨自攬下農莊大大小小的事情，相對地給小孩的時間就減少了。夢中總有一缸微溫的水，這位十二歲的寂寞少年與母親的相處情形如下：晚上，父親躺在床上休息的時候，母親會彈一會兒鋼琴；父親用一根繩子把一個琴鍵繫在床頭，再用電池連接一盞小燈，每當母親彈到那個琴鍵時，小燈就會發亮。

夢境中所呈現的自創技巧，是精神異常者常有的現象，潛意識中透露他童年的經歷有待修正，他十分渴望與人接觸。

這樣的夢最能貼切地表達分裂人格者在世間的處境。有悲慘的童年、很早就四處飄泊賺錢的高爾基（Maxim Gorki）也有類似的體驗，他向托爾斯泰敘述自己做過的一個夢，夢中他看到有幾雙皮靴在俄國無止境的冬日街頭上行進著——只看到皮靴。還有什麼比這個更能表現寂寞？

遠離塵世，退縮到自己的天地，他在驚恐中逐漸被世界遺忘，衰敗至一無所有的地步，一片空茫，和那個停不下來的轉盤的夢境一樣。分裂人格者常用大災難，譬如世界末日之類的想像與夢境，來表白他心中的恐慌。愈是想守住自己的陣營，與世界就愈脫節得厲害，到最後他會認為自己踽踽獨行於世間。

讓我們多舉一些因為害怕別人親近，不得已過著「自轉」生活的人的例子。不信任別人，時時提高警覺，分裂人格者日漸病態，套一句日常用語，他們甚至聽得到「小草生長」以及「跳蚤咳嗽」的聲音。換句話說，他們以為自己嗅得出來四周潛伏的危險，能夠透視平靜的表面背後所隱藏的不良動機。

有一回我在診所裡掛了一幅畫，一位分裂人格的病患馬上認為我這麼做是針對他，以便測驗他有沒有注意到這個改變。這個凡事都對號入座的例子同時告訴我們，當旁人尚且渾然不知的時候，分裂人格者卻以無比的敏銳來捕捉環境中芝麻綠豆的變化。他們憑藉感覺與知覺來訂定方向，非常靈敏。又有一次，這位病人看診的時候電話響了又響，他又以為這些來電是我設計好的，以便測試他對這個干擾的反應。

如果一個人把對外界發生的大小事情通通對號入座，而一般人根本不會察覺到這些，他與別人相處時，解讀別人的一言一行既不合情也不合理，自成一套妄想系統，再也無法修正。他什麼事情都不知道，沒有什麼會引起他注意，對他而言，外面平靜無波，只悄悄地建立與自己的關係，這個唯一的關係當然非常重要，他必須全力維護。

他飽嘗煎熬，痛苦不安，再也不能自在快活地過日子，時時刻刻都在問自己「怎麼啦」，隨時準備應付突發的意外與危險。他伸展觸角時高度戒備，猶如蝸牛探觸世界，一旦有人靠進一點兒，立刻縮回殼中。

一位在職場上屢嘗敗績，又剛剛被刷下來的年輕人，陷入失敗的妄想情緒中。他很希望步步高昇，但不太有自信，家人認為他不過是「自以為了不起」、做著「春秋大夢」，他其實應該子承父蔭，留在農莊工作，所以並不支持他，青蛙變王子有多難呀！他因此野心勃勃，力求表現，想讓家人刮目相看；如此一來，遭遇失敗時他特別感到苦澀，家人一定早就料到他沒出息。看診時，我們一起試圖貫穿這些前後相關的經歷，告訴他這屬於現實生活的考驗，希望解開他的妄想。但是，當他經歷前述的挫敗時，又陷入妄想之中：他垂頭喪氣地來看診，滿懷怨恨，以半挑釁的口吻說：「如果我告訴您，今天我在火車站看見一個穿著一件破爛西裝的男人，那顏色和布料和我唯一一件上好的西裝一模一樣，您會怎麼想？這還不夠明顯嗎？他就是要我有自知之明，我是個失敗、往下墜的人。您大概又要說這只是個意外而已，對嗎？」我們很可以理解他的自卑感與挫折感，以及造成他失常的背景因素。我們同時也看得出來，先入為主與妄想之間只是一念之差，我們不妨這麼說，偏見會變質為妄想：受到情緒的影響，我們固守著既有的成見，而沒有實地瞭解情況，然後再修正我們的偏見，就和這位胡思亂想的人一樣。

當我們的心情沉重，沒有處理好心頭的恐懼或罪惡感的時候，也會產生諸如此類的紛亂心緒。在第三帝國生活，曾經反對那個黨和那個政權，因為出言批評、被人密告，或者知情不報而被抓進集中營的人，很容易把（納粹政府）衝鋒隊或黨衛隊的隊員當成可怕的仇敵。寂寞、惴惴不安、離群索居以及確實存在的危險，會擴大我們錯亂的情緒。夜深時分，置身在廢棄的房子裡，或許處於陌生的國度，一個奇怪的聲音就會讓人產生錯覺，心亂如麻、害怕或有罪惡感的人，比輕鬆自得、處於安全的環境又有人陪伴的人，更容易疑神疑鬼。我們再一次看到分裂人格者的問題：與世隔絕與缺乏同伴保護。這個例子也顯示出，正常與病態的區別有多麼細微，一般人也會有脫稿演出的時候——只不過分裂人格者長期處於異於平常的情境，再演變為「病態」的行為——但這樣的發展有其必然性，因為他必須藉此保護自己。

再舉一個例子，說明分裂人格者如何壓抑與人來往、發展親密關係的渴求，導致失常錯亂：

一個非常孤寂、幾乎沒有任何朋友的近三十歲的男子，有一次在音樂會上，深深被坐在他旁邊的年輕男人所吸引。他不動聲色的偷偷看對方，強烈的希望近一步與之交往，和對方打招呼。他不知道該如何開始，只是心中有一股強大的衝動。恐懼慢慢浸潤，剛開始是一種不確定的惶惶不安，然後擴大到慌亂的程度。他幻想著身上有彩色的圓圈纏繞，那人想圈住他，捉住他，他非得掙脫出去不可；他冷汗直流，倉皇逃離音樂廳。

他希望認識別人、建立親密關係，背後或許隱藏著同性戀的傾向，只是還不敢對那位年輕男人表白，這些願望全都被壓抑了下來，演變為一場攻擊事件。整個場面失控，心中的恐慌向外變質為威脅，唯有逃離現場才能解脫。

當一個人裡裡外外的世界都脆弱不堪，不難理解為什麼他要創造出一套生存的技巧，不依賴任何人，不為所動也不感動別人，總是公事公辦，保持距離，盡可能維持優勢，絕不與人平起平坐，讓人捉摸不定。驕傲自大、難以親近、冷冰冰、沒有感情，或者，當他所有的保護措施不敷使用時，也有可能瞬間變得尖刻暴怒，像前文所形容的一樣。如果瞭解是什麼讓他變成這個樣子，也曉得是什麼心理因素讓他有這樣怪異的舉止，才能夠助他一臂之力。

分裂人格者接受治療時，所描述的人類存在可能遭遇到的危險，有時會讓人心生憐憫，我們從中得知，什麼對他的生存最為重要，對我們有利的家庭和社會，對他而言卻充滿危險，我們很難調整他的心態。有的時候，天才就是這樣養成的，他不斷地拋出問題，天才與精神異常者往往只有微乎其微的差別。可以確信的是：當一位分裂人格者能夠忍受所有的痛苦與恐懼，並且克服一切時，他一定可以達到人格的最高境界。

這裡還要強調，分裂人格有很多種面貌，我們試著把還算正常、症狀輕微、嚴重失常以及極端錯亂的特質列出來：輕微的社交困難——非常敏感——獨來獨往——特立獨行——孤僻——怪異——反社會——犯案——精神失常。這樣的人中不乏極有天分的，就因為才華橫溢，他們的孤獨寂寞和鮮少與人來往有著正面的價值，不受傳統束縛，不必瞻前顧後，一般人可沒這個膽識。他們傑出，知識豐富，能夠超脫種種界限，而大家對他們充滿敬意，站在一旁純欣賞。如果他們的情感生活不至於繳白卷，只是有點兒害羞退縮，這樣的分裂人格者不過是有些與衆不同、比較敏感、揚棄世俗瑣事以及平淡無奇的東西。除非碰到淡漠、沒有感情的人，他們才會退縮。

他們對宗教多半抱持懷疑的態度，極盡挖苦之能事，認為信仰根本就是「胡說八道」，批判禮教、傳統以及所有的規範，在這些事物面前保持清醒，以幾近不尊重的言詞解釋所有無解的事物，在啟蒙時代以及自然科學蓬勃發展的年代，這樣的人不算少。通常他們是理性主義者，無從感知一些特定的經驗，一般人也很難和他們討論這方面的話題。

這種對待宗教和信仰的態度，也許是潛意識裡預防自己失望的策略：他們不敢去信，因為不希望自己失望，卻又悄悄地期待可以說服他們的「證明、事蹟」。有的時候他們頗為虛無主義，有破壞傾向，一旦成功地摧毀別人的信仰，成就感會讓他們樂不可支。然而他們未必見得希望別人跟他們一樣，什麼都不信；這裡我們再一次看見他們的矛盾。也許，他們並不希望自己是不相信一切的人。嚴重失常的人，因為不曾擁有被保護與被愛的體驗，完全不可能信仰宗教，傾向於無神論。他們把自己當作衡量一切的尺規，妄自尊大，乃至於奉自己為神明。怎麼形成的呢？他對這世界沒什麼興趣，集中心力只關愛自己，從中衍生出一股力量和意念，佔據著他的意識。有些人會向宗教裡尋找不曾有過的安全感，也找到了；但他的信仰並非兒童般的純粹，也不是信一位值得敬愛的神，比較像是接納一個超凡入聖又不落言詮的人物，在這個人物的面前，他有條件開放的自我滲出一絲崇敬，從這位非凡人物的身上，映照出他自己的人性與人道主義；這份默契可以約束他。

分裂人格者懷疑倫理與道德，如果有人苛責他，希望他因此感到內疚的話，他不會太在乎。他壓根兒不會對任何人產生什麼不好意思。他不太與人來往，拙於交際；自我中心，捍衛自己的主張，適合他的才有價值。如此一來，他有可能變成一位「道學家」，只認可適合他自己行使的道德規範，瞧不起那些遵循道德思想的人，認為他們都膽小如鼠，沒有勇氣按照自己的意思過日子，夠堅強的人活在自訂的法律當中。他自行賦予他的與眾不同的價值與意義，就像這一章一開始所引用的文句一樣。意志不夠堅定以及軟弱的人只會退縮起來，自行建立一個私人的調和世界，不需要別人參與。有的人只愛小動物或者沒有生命的東西；嚴重失常的人有破壞摧毀的傾向，反社會，利用別人達到自己的目的時，一點兒顧忌都沒有。

精神分裂的父母或老師不會給孩子足夠的溫暖，可望而不可及，孩子的需要他們無從知曉，也無從回應，甚至在孩子表露情感時加以嘲笑。他們很輕易地讓孩子感到不安，太早看穿孩子的心裡在想什麼，希望達到什麼目的。有這種父母，如同生活在凍土之上，孩子會因父母的反應前後不一致，又完全不體會他的心意，而變得精神異常，這不容我們輕忽。這樣的父母給予的親愛太少，以致孩子不敢親近；但是他們卻可以和有求必應的小寶寶維持不錯的關係。等小寶寶長大了，他們就用嘲弄替代關愛，困惑不已的孩子很難說服自己，如果父母根本不把他當一回事，這叫做愛嗎？（「我的少爺兒子一下子變得熱情起來啦」；「我的小公主今天對我特別親熱，因為她有求於我」。）

由於這種個性，分裂人格者喜歡從事少與人接觸的職業，理論、抽象的最得他們青睞，最常見的是自然科學家、太空人、物理學家、數學家和工程師。如果所從事的學術研究必須與人合作，他們會採取間接、迂迴的方式，譬如透過心理測驗、顯微鏡觀察以及放射線攝影，或者，經由遺體解剖進行病理研究。他們太容易被心理反射盤據住，呼應叔本華所說的：「上帝啊，如果你真的存在的話，如果我真的有一顆心的話，救救我的靈魂吧。」他們總是期盼著被揭示、被發現。從事醫師這一行，他們當研究學者比為病人治療來得適任，對精神科與學術有高度的興趣；做為神學家，他們比較喜歡鑽研宗教理論，而非與信徒密切相處的神職人員。他們刻意與人群疏離，轉向動物、植物和礦物，運用精密的儀器如顯微鏡、望遠鏡，研究這個世界的微觀、宏觀現象。

我們不難想像，當知識與權力掌握在一個人格嚴重分裂，不與人來往，閉關自守的學者手中，而他意欲把想法付諸實現時，有多麼危險。他們依照自己的興趣與天分選擇職業時，往往懷有這樣的動機，希望不費吹灰之力，找到呼應他們主觀感覺的知識領域。他們如果是哲學家，多半是虛無縹緲的思想家，只有純粹的理論，而非實踐派。

在政治方面，他們是革命家以及無政府主義者，立場堅決，極端主義；假使對政治不聞不問，政治就「與他們毫無關係」，任何合作的形式，看在他們唯我的觀點中，不但無聊也十分無趣。

藝術方面，他們往抽象、不對稱的方向發展；嘗試形塑內在繁複的經驗，以密碼和象徵的手法表達；他們也有可能是犀利的批評家、諷刺作家及漫畫家。他們的風格獨具，不拘泥於形式，總而言之奇特非常，有時候走在時代的尖端。如果他們的努力並不針對特定的族群，也沒有設定成果，而是以整體人性及最基本的東西為訴求的話，往往會引爆前所未有的突破。他們常常補捉到心理氛圍，刻畫言語不足以表達的東西，凸顯別人看不到或逃避的東西，作品中表現出對人的深層體認。這類藝術家很少有人在活著的時候受到重視。

上班對他們而言根本不重要，比較像打工，不過掙份薪水罷了——職場之外才是他們真正的生活，可以發展業餘的愛好和興趣。他們也喜歡從事不必與人合作、十分孤寂的工作；對動物、植物與礦物深情以之，是常見的現象。機電、交通等工作，可以象徵性的滿足他們潛意識中與人來往、有所關聯的渴望，也是他們樂於進入的行業。

傑出的分裂人格者可以是獨領風騷、先驅型的人物，他們不斷質疑人之存在的種種問題，所知所感因此十分強烈，憂懼戒慎又寂寞，被放逐到社會的邊緣，沒有安全感可言。

年歲會讓他們變得更加孤單，更加怪異，但也有人變得更有智慧。我們可以說，分裂人格者比一般人更明瞭年老的意義，這得歸功於他們早就習慣了獨立自主以及離群索居，所以頗能適應寂寥的日子。年輕時他們就創建了可以居處其中的個人世界，並不太需要別人共同參與。同樣的，他們不太畏懼死亡，像斯多葛禁慾主義的信徒一樣，他們接受人終究一死的事實，而且不傷春悲秋。他們與這個世界和其他人沒有緊密的關聯，相對的，隨著死亡必須蒙受的損失或犧牲的就少得多；他們對人或物不過度依賴，甚至不牽掛自己，所以能夠揮一揮衣袖離開人世。

分裂人格者令人稱許的地方在於他們的獨立自主，不麻煩別人，有勇氣按照自己的主張安排生活。他們對事物觀察入微，冷靜客觀，有批判性而且堅定，敢看事物醜陋殘酷的一面，不會手腳發軟或刻意美化修飾，這些都是他們的優點。他們不甘於傳統的約束，教條什麼的也不太管用，在他們周全的檢測以及深思熟慮某件事之前，不向權威低頭，不認同任何習俗風尚。不多愁善感，痛恨所有的熱情洋溢、不清不楚以及意亂情迷；當他們陳述自己的主張時，態度明朗而且不容妥協，盡全力捍衛；通常以諷刺挖苦的態度透視別人的弱點；想對他們耍花招可不容易，如此一來當然不太受歡迎，因為不真實、虛有其表的很難通過他們那一關。他們對自己的實力深信不疑，能夠繼續與真相和平共處；希望駕馭自己的聰明才智；命運對他們來說，是需要克服的——唯有他自己才能創造命運。

還要提及的是，分裂人格者的個性架構完整而且強大，他們並不覺得痛苦，反而認為自己正常健康。他們贊同自己的自給自足、不與人來往，並且賦予極高的價值，別人卻因他們不為人著想而難過。位高權重，毋須多作考量，目中無人，指使別人為他效命的人，屬於這一類。

如果這裡描繪的「優點」不夠詳細的話，那是因為我希望簡單明瞭地介紹所有的個性特質；我想，讀者應該不會誤以為這些特質還真不錯，別忘了每一種人格都有可能走偏或一發不可收拾。

分裂人格者認為最重要的是，保有專心追求目標的兩極，自給自足，又不至於忽略了奉獻付出的那一面，他把奉獻付出內化為一種彌補措施，這樣他所堅持的「自轉」才不會太過極端，方便他那病態式的孤絕疏離，可以棄所有的聯繫於不顧。「人不可離群索居」，不與人來往容易使人失去人性。下一章我們將要討論，本書所探討的四種人格都有可能趨向極端；這裡我要補充一下，我們潛意識中的動力，可以幫助我們從病態的一意孤行中解脫出來；如果我們什麼都不做的話，不可能輕輕鬆鬆地就擺脫四種動力原型的不安和恐懼。最好的是，有一個伴侶幫助自己成長，擴大生活的圈子，並且從中體會到對另一個人有好感、著迷，絕對不會造成沉重的負擔，而是互相倚靠、同甘共苦。

第二章

害怕做自己

憂鬱人格

Die depressiven Persönlichkeiten

「忘記你認識的那個我，千萬別丟了自己。」

——賀爾德（Herder）

這一章我們要探討第二種恐懼的原型，害怕變成獨立的自我，擔心走出被保護的世界的一種恐懼，極力避免「自轉」，心甘情願把自己交出去。

每個人都希望與人建立互信互諒的關係，愛人也被人愛，這是人情之常。當我們愛一個人的時候，希望帶給他幸福；與他同甘共苦，希望猜得出來他的心意，為他著想更甚於為自己，忘了自己的需要，沉浸在付出和獲得交替的快樂之中；付出和獲得的關係使得我們與所愛的人融為一體，但某些時刻，獨立的個人卻更加重要。這個畫面所表達的愛是母親與孩子的關係，而所有的親愛顯然都是這種關係的複製品，都是重新發現我們幼年時期曾經體驗過的愛的感覺：母親的愛是無條件的，因為我是她的孩子，我的存在就足以回報她的愛，她因此心滿意足。愛人的能力成為我們的天性，愛必須被啟蒙，被喚醒，才會開花結果。當我們感受到愛，便感覺到自己的價值，同時做好了充分的準備，回報對方的愛。請仔細想一想，如果有一個人不願意讓自我成長，寧願為別人而活，會怎麼樣呢？

第一個影響是，這個人的伴侶會變得重要得不得了，如果缺了這個伴侶，他就不可能存在，也不可能去愛。這當然是一種依賴和附屬，也是他最大的問題，我們稱之為憂鬱：他比其他人都依賴他的伴侶，也許這就是他愛的方式，另一方面或許是因為他渴望被愛——如同佛洛姆（Erich Fromm）在他的書《愛的藝術》（*Die Kunst des Liebens*）說的：

「我需要你，因為我愛你」、「我愛你，因為我需要你」。他需要一個人，去愛這個人，發揮他的愛；他需要一個人，被這個人所愛，因為他無法滿足自己的需要。

假設有人強烈的需要另一個人，他就會竭盡所能消除那個人與他之間的距離。兩人中間的距離令他痛苦——分裂人格者卻一心一意保持距離，以便保護自己。相反地，憂鬱的人盡可能的要靠近別人，並且留在別人身邊。他對「自轉」的認可愈少，距離感對他而言就更強烈，他害怕伴侶疏遠、離開他，盡全力阻止這種事情發生。疏遠和離開意味著：獨自一人，被拋棄，他將墜落憂鬱的谷底，悲觀絕望。

有什麼辦法可以擺脫分離和損失所引起的恐懼呢？唯一的對策是使自己獨立自主，不依賴，不再分分秒秒為另一個人而活。憂鬱的人卻很難做到這一點，因為他必須與那個人疏遠，而那人原本與他關係密切，於是，他轉向別人那兒尋找安全感，這個人應該可以解決他的難題。但是我們知道，情形只會更糟。

依賴一個人會給他安全感，無論是他需要一個厚實的肩膀，或者他做為別人避風的港灣。被人倚靠，有人需要他，彷彿一紙保證書，保證他永遠不會被拋棄。

另一個可能是，讓這個人與他緊緊相連，他在這個人的身邊就像徬徨無助的孩子，藉此暗示，絕對不可以棄他於不顧——誰會這麼狠心無情，遺棄孤苦伶仃的小孩呢？蘊含在其中的，包括他希望讓別人依賴他，把他當成孩子看待，這是另一個相反的典型——兩者動機一樣，都是要營造依賴感。

害怕有所損失，主導著憂鬱人格的個性，他害怕被孤立、分離、不被保護和寂寞，以及被拋棄。當前一章的分裂人格者極力要保持距離，不與人來往，以消除心中恐懼的同時，憂鬱的人卻尋求最親密的關係。親近對憂鬱人格者而言是：安全和受到保護；對分裂人格者則是：自給自足遭到威脅以及束縛。分裂人格者認為距離代表安全與獨立，但憂鬱人格者卻視之為威脅和孤立無援。

當憂鬱的人意識到他的個人必須與別人分開才能成立的時候，他不是放棄做獨立的個人，就是他否認伴侶是一個獨立的個人。換句話說，他用這樣的方式來擺脫恐懼，不考慮「自轉」，或是不承認別人的自主性。他擔任另外一個人的護衛，要不然，就是讓那個人來當他的護衛。他好像生活在月球上，聽得到自己的回音，只看得見自己的影子；或者，苦苦糾纏著另一個人。他知道自己不停的擔心，但不明瞭獨立的個體是他真正的恐懼所在。他以為自己或伴侶各自發展會造成損失，個人主義和自立多多少少會使人疏離。我們愈是有自己的意見，就愈和別人不一樣，自立更生對憂鬱的人而言，等同無法享有安全感，他因此感到害怕；而群居可以消除他的憂懼，效果一如潛入群衆之中。憂鬱人格者非常擔心這一點。別人的想法和感受稍微與他不一樣，他都解讀為距離和疏遠，並且為此驚惶萬分。所以，他努力不讓自己和別人不一樣。

讓我們看清楚一點兒：當我們不夠獨立，不會做我們自己，必須仰仗別人時，當然害怕被遺棄。為了使自己免於恐懼，只好不斷地犧牲，沒有功能，以爭取同情。不夠堅強的人，亟需外在有一個強勢的人當靠山，愈是軟弱，就愈離不開這個靠山。一個百般依賴的人想必時時心懷憂慼，擔心失去避風港，他已經把一切都託負給另一個人，全權委任，沒有對方幾乎就活不下去，必須在另一個人的身上休養生息。憂鬱人格者喜歡的依賴，是承諾給予他安全感的那種，依賴愈多就愈害怕被遺棄，所以他得緊緊地纏住對方，即便短暫的分離也會讓他難以承受。這會形成惡性循環，除非他勇於做自己，突破自己的心障。

分裂人格者抗拒別人的親近，堅稱所有的人都很危險、不可信，以便掩飾他的害怕付出；憂鬱人格者則完全相反：他把別人都理想化，尤其是他喜歡和信任的人，不認為這些人有害，包容他們的缺點，在有疑處不疑。他不希望知道這些人做了什麼不好或令人感到不安的事，因為這會破壞他對他們的信賴。因此，他不太能體認到人性的陰暗面，包括別人以及他自己的，他的信任滴水不漏，他的愛沒有條件，必須把所有的懷疑和批評嚥下去，別人根本不察覺，他迴避衝突、意見分歧，因為這些可能導致伴侶離開他，努力「愛好和平」。他眼中的伴侶完美無缺，打著燈籠也找不到，往往被對方利用，因為他的天真歷久不衰，像小孩一樣無邪。像駝鳥一樣，他把頭埋藏生命深淵的沙子裡，虔誠地相信對方是一個大好人。

為了營造和諧以及永遠不煩膩的親密，憂鬱人格者有必要表現「良好」，勤奮的訓練自己具備利他主義的本事：謙虛、隨時放棄心愛的東西、息事寧人、無私忘我、有同情心、感同身受，這樣他的地位才無人能夠取代。他們的忍耐力超強：卑微，從不要求什麼；配合度百分之百、服從，乃至於犧牲自己，誇張者奴顏卑膝。這些事情加起來只有一個目的：放棄一切，以便完成願望；沒有自我，才能驅感寂寞，不必發展自己的特質。

這會讓人對自己感到失望：他從自己的一舉一動中創造理想，出發點不僅是因為害怕被拋棄，他面對那些不及他謙卑、凡事忍讓的人，不由自主地懷有道德上的優越感。事實上，他的美德都是迫於無奈，他認為自己必須犧牲奉獻，不曾發展出、擁有過的是他獨立的自我。

他將為避免做自己付出高昂的代價，不敢有所希求，不敢興起想做什麼事的衝動，不敢動感情以及培養嗜好。基於害怕與理念，他不允許自己批評別人——他自己難道不會犯同樣的錯嗎？因此，他愈來愈依賴別人，只能期待別人來幫他完成心願。他不敢有所求，有所希望，有所得——犒賞他的卑微度日；如果現實生活裡落空了，那麼，至少天堂裡還有基督教的理想吧。

如此一來，憂鬱人格者對生命的期待都是被動的，他的心願不滿足，很難不感到失望，當然也就容易鬱鬱寡歡。一旦他停止以犧牲奉獻來換取一切，憂鬱就會來敲他的門；他們反反覆覆陷入坦塔羅斯③的困境之中：當他們想吃水果的時候，有水阻擋於前，他們不曾學過如何摘水果，也不敢有學這個求生技能的想法。他們不要求什麼，食物送到面前了也不會享用；不會發有益健康的脾氣，這些都讓他們活得十分窩囊，想當然爾，他提出要求以及採取行動的勇氣就大大減弱了。

試舉例說明憂鬱人格者的行為模式：

一位已婚的少婦說：「我先生現在經常和一個年輕女孩走在一起，我認識那個女孩，她挺迷人的，我先生一下子就被她勾上了。我坐在家裡哭，但可不能讓他知道，如果我一

③譯註：表示對某事物可望而不可及的痛苦。源出於希臘神話：宙斯之子坦塔羅斯因洩漏天機而被罰永世站在上有果樹的水中，水深及下巴，口渴想喝水時，水即減退，腹饑想吃水果時，樹枝又升高。

味地責怪他，他一定會認為我小家子氣，亂吃飛醋。我擔心一旦他受不了的時候，就會一腳把我踢開。我先生說，男人嘛，假使我真的愛他，就得接受他偶爾逢場做戲。」

顯然，她根本不確定自己是否「必須接納」丈夫的逢場做戲，她並沒有享有和丈夫一樣的自由時，會不會失望呢？她也不確定，自己有沒有必要睜一隻眼、閉一隻眼，是否要一反常態起來反抗？她因為自卑感作祟，往往高估了每一位情敵的實力。她沒有說出心中的想法，認知自己忍耐的限度，她沒有以牙還牙，採取讓丈夫也打翻醋罈子的戰略；因為她的先生有十足的把握，她死也不肯失去他。她強迫自己寬宏大量，認為自己必須曲意承歡；丈夫於是好好利用她的弱勢。當她察覺丈夫漸行漸遠的時候，她相信唯有更體諒才能留得住他。有一天她終於明白，這樣丈夫只是更加瞧不起她，她慌亂得六神無主。她一直不願正視先生不把她當一回事的事實。這樣的事例在今天更為常見，在口號與主張甚囂塵上的社會裡，很多人不確知要選擇自由的兩性關係還是相依相屬，對伴侶忠實還是恣意享受性開放；以至於憂鬱的人因為害怕自己不夠「前衛」，沒有掌握「時代趨勢」，苛刻的勉強自己做他們根本不願意做的事情。

除此之外，這位少婦的生活中還充斥著許多她規定自己要實行的利他與博愛主義：每年過耶誕節，她總有一張長達一百位至親好友的名單，「一定」要寫卡片或送禮物；過節前幾個星期，她已深感時間壓力和抑鬱，不知道該如何在繁重的日常家事中完成這些任務。她從來不曾想過，其實她可以不必這麼辛苦，光是偶爾為此感到心煩意亂，就讓她內疚不已。

「倒楣鬼」往往具有憂鬱人格，試舉一例：

「我還可以再努力一點，但我總是什麼都做不好。昨天我上美容院，設計師亂搞一通，剪了一個可怕的髮型。然後我約好的工人又爽約——我老是碰到這種事情。為了安慰自己，我打算買一件襯衫，回家後才發覺我不喜歡那件襯衫了——事實上我想買的是另一種款式。」

從這個例子可以看出，這個人在講述心中的願望時，含含糊糊，或者她根本不清楚自己想要什麼，不夠具體。所以她經常感到失望，外在的行為也受到波及，變成倒楣鬼。她沒有很清楚地告訴設計師應該怎麼剪她的頭髮，也不知道自己到底想要買什麼花色的襯衫——她只不過希望補償一下自己的失望，想做一些「好事」。她很同情自己，覺得自己運氣總是不好，生活實在太虧待她了。她沒有看清的是，她的願望十分模糊，種種要求比登天還難，這才是真正的問題所在。和工人打交道原屬平常，她居然如此誇張，情緒大受影響，認定自己手氣背，接下來發生的事情她因此全都亂了方寸。「這種事只會發生在我身上」，這麼想的話，她就可以把自己應該負的責任往外推，怪罪這個「可惡的世界」，把她的壓抑拘謹以及恐懼全部歸咎於命運，造化弄人，使得她變成倒楣鬼。從自怨自艾中她獲得某種程度的滿足——所以不需要改變自己。

憂鬱人格者在接受事物的時候，即使只是象徵性、形式上的接受，例如吃下食物、拿東西、提出要求，身體都會出現不適。心理作用反應在身體上，咽喉、扁桃腺、食道和胃都會因此不舒服。俗話說「煩惱會長肉」，就是說我們失望或沮喪時，喜歡吃東西或藉酒消愁。生性害羞的人也傾向靠吃喝排遣情緒，這有點兒像另類滿足，或是一種遁世的哲學。

憂鬱人格者即使想要學會某種技能，研讀一門課，都很難掌握要領，他們說自己「記性不好」。他們不容易記住什麼，轉瞬即忘，還以為腦筋不好、不夠聰明。仔細觀察，會發覺他們根據現有的經驗來統覺印象，他們無法依照興趣，專心的吸收所學。他們害怕強烈的刺激，因為刺激會引起矛盾衝突，使他們渴望什麼，又不能真正獲得那個東西。他們只好過濾掉很多刺激，很快就死了心，聽天由命。這會造成學習上的困難，容易倦怠，無法專心，形成保護的篩選功能，反作用是他們更加憂鬱，因為他老是遭受挫折，對自己感到絕望。所謂的記憶力不好，經常是聽天由命的徵兆，因為他們打從內心裡就不相信自己能夠學會什麼。寧可一開始就棄守——然後恰如其分的失望，他們運用酸葡萄心理，不認為自己有辦法或有資格贏得心愛的東西，於是就把喜歡的人事物加以貶值，假裝根本不值得他們盡全力追求。這樣一來，雖然省下一些得不到東西的失望感——然而世界之於他們卻也愈來愈黯淡無光、晦澀、沒有生氣，且不抱持任何希望，生活將會日益空虛，沒有趣味。他們面對盛宴般的生命，卻不敢走上前去享用，只能滿懷妒意的看著別人盡情取食，開懷大嚼——卻因此感到欣慰。

憂鬱人格者的適應力和隨時棄權的態度時常要遭到考驗，一方面不願屈服於主觀的自我，一方面又不願因自己的「才能」而要求很多，在那些想什麼有什麼，不必心懷罪惡，不用擔心恐懼的人的面前，嫉妒啃嚙著他，健康於是大受影響。

憂鬱人格的感情世界

愛情、渴望愛、渴望被愛，是憂鬱人格最重要的人生課題，他可以從中發展出最美好，也是最危險的性情。根據前文所描寫的，我們知道，他與伴侶的關係很容易變得臨淵履薄。緊張對立、意見不和、衝突四起，都讓他難過、無法忍耐，他的心情沉重，害怕失去的感覺活絡了起來。他不明白自己苦心經營一切，伴侶卻覺得要窒息，只希望重獲自由。憂鬱人格者面對此手足無措、沮喪絕望，害怕時會運用恐嚇威脅的手段，甚至不惜自殺。他自己永遠在追求比親密還要親密的關係，所以，他很難相信伴侶並不打算這麼做。伴侶若是認為兩人需要一點兒距離，他會視之為對方不夠愛他，或者自己不再愛對方了。

憂鬱人格者有一點很迷人，他有同理心，像愛自己一樣深愛著對方，為對方而活，這是他最美好的特質之一。他以為從頭到腳參與才是愛的真諦，感同身受有時到了一種通鬼神的程度，以至於你、我之間的距離果真消失了；他的思慕很純真，如神話般嚮往對方，能夠跨越界限、藩籬，與神或造物者融為一體。潛意識中憂鬱的人希望在更高的境界上，重新找到嬰幼兒時期與母親的親密關係。我們將要繼續探討，早年與母親的經驗對我們發展愛的能力有多重要。一般來說，有憂鬱性情的人，通常擁有寬厚的愛人能力，可以付出與奉獻，也能夠與伴侶共度難關；他給予對方安全感，深謀遠慮，無條件地支持對方。

嚴重憂鬱的人所經營的感情被害怕遺棄所主宰，這樣的關係因此困難重重，充滿抑鬱。兩個人的行為模式大體如下：他試圖依賴著伴侶活下去，完全按照伴侶的方式存活。這當然可能創造出最大的親密感。於是，他變成和伴侶一模一樣的人，放棄原有的性格與好惡，不要過自己的生活。想的和伴侶一樣，感受亦同，猜透對方的心意，「讀懂對方的眼神」；他知道伴侶喜歡什麼，討厭什麼；他曉得伴侶的看法，同意對方的意見——簡言之，他活在對方的思想、觀點、嗜好之中，分不出他與對方有何區別，做自己他覺得危險極了，連帶著產生被拋棄的恐懼。他因為對方而活，有意識的犧牲奉獻、無私忘我。分辨這種感情的真假，要看他是否害怕「自轉」，以及屈服於擔心被遺棄，或者，即使他知道感情有風險，仍然讓對方自由發展，同時堅持自己對伴侶的愛。

「你去那裡，我也要到那裡」被絕對化了。從各方面來看，對伴侶而言，這樣的模式也許相當不錯，但是，兩性關係中，如果一方過於依賴另一個人，像個應聲蟲或僕役，時間久了伴侶也會感到煩膩。出於害怕被拋棄而竭盡所能犧牲自己，把自己變成孩子一樣，伴侶也會厭倦。他聽憑伴侶指揮，事實上他自己就辦得到，或者應該自己動手做，他於是愈來愈依賴伴侶，徬徨無助，無法想像一旦伴侶不需要他，或者其實希望他獨立一些，他以為，自己需要幫忙的地方愈多，就愈能靠緊對方。他在與伴侶的關係中，重複了父親或母親與小孩之間的關係——他對伴侶的崇敬也與對父母的等量齊觀。深愛著伴侶，但在喪偶之後卻立刻再婚的人情形與此相似：他們不太有自己的生活，可以迎合任何一位新人，並且適應得很好——重點是，他們不要孤單度過一生。

往這條路上走，會發展出一種共生的關係，廢除你、我之間的不同與距離。他追求的是你泥中有我、我泥中有你，區分不出水和泥有何不同；一位憂鬱人格者說得好：「我再也弄不清楚自己該在什麼地方停下來，讓對方先開始。」他最希望自己完全融入對方，或者「用愛吞噬對方」，他才不會被人拋棄，或甩不掉對方。這樣的情形會產生一個問題，他既不願發展自我，也不允許伴侶擁有自我。

在這種兩性關係中經常發現「我愛你，這與你無關」的模式，這正是避免被拋棄的偉大嘗試：伴侶可以想做什麼就做什麼——靠自己，以及愛人的方式，他愛的是自己對伴侶的感覺，勝過愛伴侶這個人；如此一來，不難追求到永恆的愛，以及永遠不被拋棄的關係。

抑鬱的兩性關係中比較麻煩的是憂鬱的愛情，這種愛情被過度的關心與照顧包裝著，藏在背後的卻是從害怕被遺棄衍生出來的權力欲。如果沒有達到他的目的，他會施展更強硬的手段，以自殺要脅對方，讓對方產生罪惡感；若出此下策仍舊達不到目的，他會陷入極度的憂鬱和絕望之中。「假如你不愛我了，那我也不想活了」，說這些話是想加重伴侶的責任感，讓對方為他的生死負責。如果兩人的糾葛太深，伴侶一時心軟，感到內疚，看不清楚整個情況，悲劇就要發生了，而且沒有退路。伴侶只是因為害怕、同情和罪惡感，被他留在身邊，平靜的表面之下，伴侶恨他，巴不得他死掉的想法卻會日益膨脹。生病也是一種勒贖的手段，同樣會產生類似的悲劇。

我們再一次看出來，憂鬱人格者的恐懼與衝突有一些共通性：愛得愈深，愈擔心失去對方，我們在生活的危機中尋求安全感，所以希望擁有真情摯愛。另外我們又看得出來，不願意做自己未必能使自己免於被拋棄的恐懼。相反地，當我們委屈求全，刻意避免的事物卻更突出。做為另一個人的伴侶本來就要保持有創意的距離，好讓雙方分別做他自己，發展自我。唯有兩個獨立的個人才能發展出良好的兩性關係，而非一方完全倚賴另一個人，變成了客體。恐於失去的人，不相信自己是獨當一面的伴侶；就是因為他過分依賴，缺乏自信，導致別人看輕他，不必認真對待他。另一種把伴侶轉化成未成年孩童的人要注意了，他遲早會要求歸還自由、得到尊重，否則，等到他再也無法忍耐的時候，愛就變成了恨。他活在兩個人受罪的神經官能症中，彼此的關係停滯膠著，沒有成長，可以說是童年經驗的翻版。

與相愛、好感和親密關係比起來，憂鬱人格者並不特別重視性；性生活若是美滿，他們也能享受魚水之歡，體貼入微，認為只要兩情相悅，沒有什麼不可以。從沙文主義到順服遷就，都可能是強烈依賴伴侶的憂鬱人格的兩性關係模式，無論那一種模式，他都以為性是留住伴侶的唯一方法，以至於完全忽略了自己的感受。

個人需要多少自由、束縛，可以忍耐與否，他從不根據一般情形考量，別人應該幫他找出適合的尺度。每個人的性情、經驗遭遇以及社會處境都不一樣，所以他拿約定俗成的規範來要求伴侶，他不認為必須遵守這些不好又不一定正確的規定。我們應該盡可能體諒別人，同時尊重截然不同的生活方式，否則我們會輕易地批評那些童年過得貧乏、難以培養成熟感情、並且因此受苦的人。

憂鬱人格的侵略性

看到這裡，讀者可以理解憂鬱人格者的憤怒與情緒的問題。他擔心自己被拋棄，沒辦法獨自過活，把希望都放在愛情上，怎麼有籌碼勃然大怒、堅持己見、不達目的誓不甘休呢？依賴的一方是無法向支撐他活下去的人發怒的。如果真的發生了，意謂著他折斷了自己安坐其上的樹枝。然而，以我們所認識的世界和人類來說，每個人，包括我們自己，都難免有大動肝火以及情緒激動的時候。憂鬱人格者胸膛裡的火山即將爆發時，該怎麼辦呢？

可行的辦法之一是，吞下這些火氣，藉此培養息事寧人的風度。當他怒火中燒的時候，分不清惱怒來自自己或外界。一旦他堅持主張、據理力爭、捍衛自己，只會使情形惡化，他只消腦筋轉個彎，化干戈為玉帛——別人沒有惡意的，犯不著為這種小事生氣，就可以緩和心中的怨懟。懷有這樣的理想主義，從戰場上退下陣來的他，會跟自己生悶氣，因為他沒有捍衛自己，反而壓抑自己的情緒，為了撫慰心中的忿忿不平，他覺得自己在道德方面一定略勝一籌。他不知道，這也是一種很微妙的侵略。

一再容忍讓步，後來變成受氣包，他的精神、道德以及性生活全都拖下水。也許他一夕之間變了一個人，以前他活得像另一個人的影子，許多事情他不曾經歷、不敢嘗試，現在他卻要全盤操控；不過這種情形比較罕見。按照伴侶的好惡捏塑自己，不僅壓抑自己的個性，同時也自以為情操高貴：他是比較好的那個人，所以要忍受一切，把過錯推到伴侶的身上，他自己不必負責。這裡我們清楚地看出，自以為有「美德」、吃苦耐勞的他，在不自知的情況下百般折磨伴侶；等而下之，變成性虐待者，而「聖人」變成苦主、罪人，歷經煎熬。威弗（Franz Werfel）寫的一個劇本就叫做《是被殺的人錯了》（*Nicht der Mörder, der Ermordete ist schuldig*）。低聲下氣的憂鬱人格者長時間扮演苦旦，使他的伴侶成為一個有侵略性，並因此感到愧疚的「壞」人時，伴侶的罪惡感會日益增加；如果他生病也是因為伴侶的緣故，伴侶簡直擔當不起。我們可以感受到那種因嚴重憂鬱而造成的內心激動，而必須承受這一切的人渾然忽視了其中的侵略性——如果有人告訴他實情，他一定會大吃一驚。

前面曾經提到，憂鬱人格者沉重的愛情背面，隱藏在潛意識中的侵略性；他愛得辛苦，溫柔的迫害，足以使伴侶喘不過氣來。

他不知道自己具有的侵略性，通常以怨艾的方式表現出來：抱怨、悲歎、訴苦；伴侶不勝其煩，他卻不會喊停。他們抱怨事情太多，人人存心不良，不為別人著想；很多時候他們只是裝模作樣，不發一語表示不滿，使盡各種花招喚起別人的罪惡感，伴侶於是被逼得處處小心，時刻以他為念。如果伴侶識破這些，覺得他太麻煩，也會自行擺脫憂鬱人格者加諸在他身上的內疚。

這裡提到的侵略方法如果都不管用的話，憂鬱人格者說起話來時就充滿了自憐，矛頭總是對準自己，與傷春悲秋的人一樣。侵略性、罪惡感加上害怕被情人拋棄，這些衝突沒有解答，他必須把所有的不快集中在一個人的身上，他發牢騷、責備，又痛恨對方，甚至恨他自己，有意或不自知地毀了自己。童年時經驗過的恨與妒，彼時他被迫封口，更糟糕的是，他因此認為自己很壞，導致自毀，這才是真正的悲劇。當時他沒有任何可行的辦法，找不到氣閥宣洩，他懷著罪惡感經歷一切，把責任歸咎於自己，視之為一種處罰。最大的悲劇是幼小的孩子把遭人拒絕沉澱在心裡，憤怒轉化為痛恨自己，他害怕被遺棄，沒有安全感，若反抗恐怕會危及他的處境。這樣的人在幼年時期沒有學習處理自己憤恨的情緒，長大後變成了憂鬱人格。這些因素影響著他，以至於他永遠都不知道自己應該在何時何地發怒，或者等到他想發脾氣時已事過境遷了；他也不清楚要怎麼發脾氣才能達到目的，是要堅持己見呢，還是非達到目的不可——無奈之餘，他想著應該採取非常手段了，可是他根本不曉得從那裡開始；他不停地幻想如果他果真大發脾氣的結果，而這樣的幻想使他害怕又歉疚，想像力大增——他對飛鏢總是心懷戒懼，擔心自己被雙重的衝擊力射中。什麼時候可以發怒，有的時候瞪對方一眼就夠了，採取某種姿態就會受到尊重，他高估了表達不滿之後可能引起的效果，其實他只是再一次調整自己的行為，以便處理自己內心的不快。

不妨這麼說吧，憂鬱人格者生吞下去的憤怒情緒逐漸攀升，他過度焦慮，理想化謙虛的意涵，息事寧人而且低聲下氣，叫苦連天又凡事忍讓，自責、控訴自己與處罰自己，乃至於毀了自己。除了運用上述的方法硬生生壓下憤恨的情緒之外，還有身體上的反應，某些嚴重或者無法治癒的病症由此而來，好像他不自覺在懲罰自己，藉著傷害自己報復一切。

無法表達的情感、不被允許發的脾氣，這些找不到出口的情緒不僅煎熬難耐，還會削減人的原動力，變得被動、懶散，壓抑的不滿衍生成新的心理障礙。一個小孩也難免會有痛恨、怒火中燒和妒忌的時候，一旦這些情緒在心中融解，變成憂鬱的背景原因，就十分危險。灰心喪氣、恨與妒，這些我們不得不克制的感覺，使得我們長大後憂傷消沉，「被擊垮了」。這超出一個孩子的承受能力，因為他必須依賴大人，徨恐無助，根本不可能自由抒發這些感覺。只有當小孩被允許表達他的情緒和憤怒時，他才有機會學習與自己的感覺相處，再根據當時的情況加以處理，或者設法讓那種情況不復存在。如果一個小孩不尋常的安靜，特別乖順，就算再無聊也不知道如何在周遭環境中解悶；不參加任何活動，同時一點兒興趣也沒有，當他顯得少年老成又缺乏行動力，沒辦法自己玩，必須獨處時開始反應激烈，這就是憂鬱的先兆，我們應該多加留意關心。

唯有我們累積了與自己忿怒的情緒相處的經驗，才會掌握妥善處理情緒的方法；會發脾氣很健康，也是一種能力，屬於自我價值、人格尊嚴中非常重要的成分，同時也是一種很健康的自負。憂鬱人格者的低自我價值其實來自深植心中的膽怯、壓抑怒氣。歌德在《心有靈犀》（*Wahlverwandtschaften*）中寫道：「再也沒有比愛情更能夠與另一個人的優點互相抗衡的好方法」，這是昇華之後的嫉妒心；但是小孩如何懂得昇華的道理呢？

現在我們再提出一個問題，憂鬱人格如何形成，為什麼有人過度害怕失去，害怕做自己？

環境因素

這個環境極其舒適溫暖，愛人與被愛，充滿了同情，有一種牢牢繫住的抑鬱和親近，使得憂鬱人格者很難搞清楚自己真正的感覺，更何況他已經投資了很多。這種感覺的架構大致會使人變得忠誠、堅貞、具有愛人的同情與瞭解，動不動就「感時花濺淚」的人的身上往往有這些特點。處於這樣的環境中，我們只能遷就種種不可思議，各憑本事活在這種特質之中。在這個人的身上——同樣是一種特質——出於義憤填膺而貫徹到底的能力通常很薄弱，他們不擅長「不顧一切」，生性溫和、聽話，比較不好爭鬥。他們比一般人少了一點活力，讓人一眼就看透，幾乎沒有皮膚，缺乏「厚重的毛皮」，以至於必須被別人保護，被別人支持，他們因此有意無意地希望別人扮演父親或母親的角色。也許有人天生冷漠、懶散，造就了他的憂鬱特質——雖然這裡提到的天性也是一個問題，此處很難回答。

這些問題可以與個人的生平一起討論。生活的型態與內容會造成憂鬱人格，如果我們再度觀察幼兒的生活情形，然後在這一階段瞭解他的性情發展，就會更明白。與最早期階段中，幼小的孩子慢慢地認識周遭的環境相比，現在的他已經認知，母親是滿足他所有需求的泉源，其中最關鍵的是，母親不斷地回到他身邊，讓他很安心；幼兒有很長一段時間以為母親與他就等於「我們」，如同金可（Künkel）說的：母親與幼兒是一種共生的關係，自成一個單位，幼兒要過了很久才會分辨母親與他不是同一個人，在他的意識中一時不明白母親和他的分隔界限。現在，他知道母親是在他外面的一個個體，同時他也曉得，從母親那兒他獲得一切，深感幸福，他不能沒有母親。他需要母親，母親一旦不在他就怕得要命；他完全仰靠母親，一切以她為準，她是他最重要的基準點。幼兒全盤接受母親的相貌和母親這個人，長期依賴使得母親的形象深植於心靈之中，因此，母親被「內化」了，變成幼兒不可或缺的心靈要素：好像母親對自己的角色的經驗，日後也會變為內心的基準。心中描摩著，如同心理分析說的，「接收外來的觀點」、「活在另一個人的體內」；母親的形象、個人與母親相處的經驗會反映在我們自身的態度上。很幸運地擁有一位親愛的母親的人，視自己為值得愛的；而不幸有一位嚴峻、冷冰冰的母親的人，會以為自己並不可愛，他將需要花很多時間，累積新的經驗，才能夠相信自己也令人喜愛。與母親之間愉快的經驗是一筆財富，價值無法估計。

良好的母子關係中有相互的施與受，母親與幼兒都覺得快樂，幼兒收到了什麼，會有所共鳴；他用微笑來答覆母親的微笑，過一些時候，他用微笑喚起母親的微笑。由此產生出親密的聯繫，兩人互相瞭解，這最讓他倆感到幸福，再滿足不過。我們因而明瞭，感激、希望以及喜愛都由此而衍生。此時幼兒尚且處於短暫的天堂歲月，他不被要求什麼，他的需求別人猜得出，而且會滿足他的需求，他興致高昂，快樂地感受到自己的存在。幼兒成長的第二階段中的新鮮事是：他明白自己依賴某一個人，通常是母親，而他愈來愈需要親密關係。

母親能否給予幼兒這些東西，實在太重要了，這樣，幼兒才會「疼愛」這個人。母親的形象與人格形成幼兒對人與人性的第一印象。他初次經驗到喜愛或拒絕，被喜愛或不被喜愛，取決於母親看他的眼神，如何接觸、對待，怎樣與他相處，即使最細微的事情，幼兒也以他的靈敏來捕捉印象。他與自己的關係也在這個時候「駛入軌道」，為他的自我價值打下基礎——像在森林裡呼喊一樣，會有回音傳過來。

我們要發出一個問題：在這個階段中有什麼干擾因素造成一個人「自轉」，他沒有快樂的經歷，反而害怕、有罪惡感？原因是做母親的缺少了兩種特質，我們不妨稱之為寵愛與拒絕。

先談寵愛。嬰幼兒的母親身上最容易發現這個現象，「母雞帶小雞」，這類母親最希望孩子永遠是襁褓小兒，無助，需要她，依賴她。有憂鬱傾向的母親，出於潛意識的害怕失去以及對生活無名的憂懼，或者恐懼失去孩子對她的愛，就會寵愛孩子。她們把溫柔傾注在幼兒身上，不放手讓幼兒自己從事有益健康以及應該學習的東西。

有的時候這與女性的命運有關，她們對婚姻感到失望或失去伴侶，而孩子是她們唯一擁有的，她們太需要孩子，需要孩子的愛，竭盡所能使孩子感激涕零。小孩愈長愈大，問題接二連三地來，她們以無比的驚慌看著小孩成長、長高，變得獨立，對她而言這意味著：他愈來愈大了，過不久就不需要我了，找別人去了。在小孩這方面，直覺會告訴他，母親想牢牢地抓緊他，永遠把他當成孩子看待；這之後母親投入的長時間犧牲奉獻，不容我們輕忽——誰願意讓自己呵護有加、拉拔長大的孩子跑掉呢？

她們寵小孩，從餵奶的時候就開始了，每當寶寶哭喊——經常是小寶寶在證明自己的活力，她們就趕快去抱他，扼止了小寶寶的衝勁兒；而小寶寶一旦表示不太感興趣，她們就用無窮的溫柔將之淹沒，寶寶根本沒有機會表達自己的情緒，也不可能為自己的不開心找到解決的方法。這樣的母親片刻不離開小孩，像一塊磁鐵一樣吸引著小孩的注意力與感覺，和他生活在一起，套一句拳擊用語就是：長時間近距離死命抓住對手，就沒有人能夠自由地走動。在往後的日子中，她們也出於同樣的動機，幫孩子承擔一切，插手所有的事，為他「詳盡反覆地解釋」，然後自己像介乎孩子與世界之間的緩衝器，用盡法子保護孩子。她們無法接受小孩健康且自然的情緒；很平常的行為以及符合年齡的情緒，只讓她們覺得自己委屈，潸然淚下，孩子當然會有罪惡感。

凡此種種不僅使孩子更加親近母親，尤有甚者是他沒有多少機會體驗自己的動力，而且他打從孩提時代就以為，凡事不能沒有母親，想做什麼事也非得先得到母親的許可才行。如此發展下去，到最後他簡直沒有屬於自己的願望，他放棄了，變得被動懶散，同時他希望別人都猜得出他想要什麼，並且應該完成他的心願，因為他早就停止盼望什麼，棄守一切。由此產生了只求舒適、被動的態度，生活之於他有若安樂鄉，他的憂鬱藏在樂園裡面。龔夏若夫（Gontscharow）的小說《歐布羅莫夫》（*Oblomow*）④中，有非常精彩的描寫。

沒有願望、志向以及衝勁兒，他活在世上對任何事都插不上手，只好再度依賴別人。這類母親通常會告訴小孩，外面的世界險惡極了，以至於小孩在成長過程中，認為只有家中的母親才能給他溫暖和安全，保護、瞭解他。他轉向世界發展的衝勁兒因此減弱了，相

④譯註：俄國作家小說中的主角名，意指閒散的作夢。

信家裡的才是最好的。這種母親不讓別人接近她們的小孩，滿懷醋勁兒保護孩子；異性朋友都被貶得一文不值，做母親的對孩子與別人建立的友誼，反應是悲傷與痛苦，好像孩子背叛了她，因為她把別人都看成潛在的競爭者，極有可能搶走她的小孩。她「溫柔的虐待」小孩，而這一般而言會持續到青春期，小孩的衝勁兒就在填滿了母愛的棉花中窒息了。經得起考驗的性格如粗魯、鐵石心腸、冷漠無情，在這些孩子的身上都找不到。他仍然依賴心重，以為在外面的世界裡也會得寵，一旦稍有不順，他便感到十分挫敗。他體會到自己的笨拙和弱點，於是再次躲到昔日的城堡裡。他知道自己軟弱，人生的任務看起來比登天還難，他嚇退了回去，決定什麼都不做。

這些母親不會因為孩子長得夠大了而讓他們自立門户、自行發展，她們用愛束縛孩子，甚至不允許孩子自在地表達對母親的愛，而是直接下命令。「對我好一點兒」、「親我一下」；她們不讓孩子做事：「算了，讓我來」、「太難了」、「你還不會」；硬生生破壞孩子的衝勁兒：「你要玩這個嗎」、「給我停下來」；殊不知這會製造出什麼後果。經由這些方式，她們扼殺了孩子的自我發展，連帶地初步搗毀了孩子對生活生命懷有的夢想。在這種情況下，孩子無法學會「自轉」，必須黏著母親，像個應聲蟲，對世界、自己乃至界限都一無所知。他很被動，百般配合，期許自己繼續受母親寵愛。這樣下去他難免會感到失望，失望讓潛伏在內心的憂鬱終於爆發了。

母親對待小孩的方式會因為自己的遭遇而不同，譬如離婚、孀居、在婚姻擱淺時期生下孩子、生育過於頻繁等等，都會讓孩子更難過。獨生子比有兄弟姊妹的小孩處境更艱難，因為母親巨大的愛只灌注在他一個人的身上。有一位病患是獨子，有一次毫不掩飾地說：「如果我的母親把她的愛都傾倒在我身上的話，我會瘀血。」

讓小孩自由發展是絕對有必要的，而這卻使得母親的任務變得吃力不討好；若是做母親的期待孩子心存感激或要求他們回報，情況只會更糟。不成熟的人不認為孩子健康成長就是自己辛苦付出的報酬，反而視之為自我犧牲、放棄了美好的事物，痛苦煩惱當然接踵而來。

然而，小孩內心的情況其實更為複雜，他們根本無從抵抗，除了痛恨取消他的權利、侵襲他感情的母親。即使他們鼓起勇氣說出心中的感受，他們的母親會細說從頭，述說當年如何照顧幼小的他們，犧牲了哪些東西，來喚醒他們心中的罪惡感。這些雖然是事實，但是小寶寶並沒有要求母親為他做牛做馬，怎麼能要他們感激涕零呢？何況這類母親的行為是不利於小孩的。小孩的羞恥心甚於被指斥沒良心，出於罪惡不安，他不再試圖釋放自己。性情敏感的小孩會因此感到痛苦，蒙受傷害，我們將在舉出的例子裡介紹。他們不敢邁開步伐離開母親，密不透風的親密以及極度的依賴此時已顯而易見，孩子必須捨棄自我發展，要不然他將背負著讓母親操心擔憂的罪孽——對小孩而言，這是解決困境的唯一方法。大概沒有什麼比這種喚醒罪惡感的「教育」，更能讓孩子感到肩上如千鈞般的重擔。一旦孩子長大了，能夠和這些經歷保持距離，體認到童年所承受的痛苦絕非必要，而是父母愛的方式不對時，他將很難原諒父母親的過錯。

此處舉一個很典型又不太奇特的例子：

如果母親認為他沒有規矩——通常只是指，他沒有馬上聽話，或是做些不該做的事情——她立刻就躺在沙發上，「死了」——這意味著母親會長時間動也不動，對孩子的哀求無動於衷，直到孩子絕望到大哭為止。

諸如此類的威脅通常會喚起小孩的罪惡感——「我走了以後就再也不回來」、「你想把我送進墳墓」等等。

如果寵愛小孩的第一種動機是希望小孩愛她，對她感激不盡，那麼第二種動機更為複雜，對小孩也更糟。情形通常如此，這個小孩不是母親想要的，或是基於其他理由，她對孩子冷冰冰、懷有敵意，卻同時要求自己做個好母親，如果做不到就良心不安。出於罪惡感，她寵孩子，拼了命也要與小孩重修舊好。對母親來說這已經夠難的了——可想而知，繼子女最常碰到這種情況——何況是年幼的孩子。他曉得母親的辛勞，同時也察覺到背後的冷漠與敵意，缺乏真愛，無法靠寵愛來平衡，寵愛只能把小孩導入必須感恩的處境，而他其實無意言謝。這將造成小孩覺得自己的存在就是一個錯誤。他感覺到自己是母親的負擔，事實上他不具有生命的權利，如果母親還能容忍的話，他應該知足了；他會想自己是不是太苛求了。

現在我們要探討「拒絕」，這個造成憂鬱人格的第二個背景因素。這裡指的是貧瘠、缺少母愛的環境，冷酷的女性通常童年時極少體驗到愛，自己的經歷中又缺乏做母親的範本，不太清楚小孩需要什麼。比較無害的是那種因為不確定以及不瞭解小孩，因此根據規章來哺育、教育小孩的「計畫母親」，不正視小孩的個人需求。一位剛迎接第一個寶寶的母親寫了以下的日記：「小男生尖叫了好幾個鐘頭了，但是餵奶的時間還沒到。」很長的一段時間，這樣的記載反覆出現在她的日記上。醫師們對此現象舉出的「學術上」的私人意見，有的時候頗為棘手。

要一個孩子很早就學會適應生活條件，忽略個人的需求，無疑過於嚴苛。如果他吃奶的時間不規律，喝完奶之後沒有人跟他玩，立刻被送回嬰兒床上，與母親相處的時間不多，餵奶時總是匆匆忙忙、不耐煩，都屬於對孩子太嚴苛的例子。孩子還不會保護自己，也不會表達自己的需要，只能絕望的容忍既定的事實，認為這個世界沒有什麼好期待的。這造成憂鬱人格者的人生中最基本的感受：持續地處在沒有希望的狀態，無法相信未來，不相信自己以及未來的可能性，他們只學會了適應環境。前途茫茫的感覺凌駕了他們，忍耐以及捨棄是他們的本事。他們對這個世界並非充滿期待與希望，只做最壞的打算，顯然是悲觀主義者，很難想像他們的生活也可以充滿快樂、歡暢以及幸福。果真出現轉機時，他們卻深感罪惡，問自己配不配得到這些。他們無法真正的高興，用避免失望的防衛措施毀壞某些追求到的快樂：他們以為，沒有什麼可以讓他們幸福，無心體驗強烈的感情，因為，接下來會發生的不幸更使人痛苦；如果一開始就不要期望過高，那麼他的失望就不會太大。

舉一個幼年被拒、留下的烙印很深的例子；同樣是出自一本母親的日記：

「你從小就體弱多病，出生後的六個星期全靠我餵你，經常得半夜起來餵奶，都讓你吸光了，我什麼也沒有。你剛出生時，我還躺在醫院的那十天中，你就拒絕吸奶。一般要花上五到十分鐘，得捏著你的鼻子才達到目的。你吐得厲害，醫師們意見分歧。你敏感又容易緊張，最初的六個月根本沒辦法一覺睡到天明。回到家三個星期，我因為要工作，沒有很多時間。你三、四個月大的時候，體重未達標準，我於是帶你去檢查。醫師說沒有任何問題，為了保險起見，我把你帶到兒童醫院：那兒的小兒科醫師說，你才多大，卻有「冷靜理智」的眼神。你有一張靠窗户的病床，身上只蓋著一條毯子；在家裡你穿得比較暖和。結果是：你得了肺炎。當時我慌了手腳，但至少前幾天還去醫院餵你吃東西；從那個時候開始，我變得悲觀。小時候的你是我唯一的依靠，那些年中，你父親脾氣火爆，性情不定，很難相處。毋庸置疑的，我也許因此在教育你的過程中犯了錯誤，我奉行的理論是經常外出，早早上床睡覺，緊緊地抓牢你，唯恐你學不會秩序與規律。醫師為你治療的時候你總是怕得不得了，嚎啕大哭。有一次你心臟有毛病，醫師來了之後又走了，你都快吐出來了，而且他對你的『沒教養』很生氣。」

這份報告再清楚也不過，囊括了所有深烙孩子心中、使孩子不勝負荷事情的重點。幼年被拒絕的經驗對一個小孩來說有兩方面的影響。第一件學會的事是即早放棄希望，對接受、要求以及拿取都感到不自在。一個凡事放棄，無法不卑不亢伸手拿東西的人，當他看見別人悠哉的拿東西，而他自己就是辦不到的時候，很難不嫉妒。嫉妒心又使他產生罪惡感，覺得自己糟透了，試著擺脫這種感覺，出於必要，他培養出一種能耐：賦予自己的拘謹某種價值，把謙虛為懷以及不要求什麼全部理想化，如同前述，如此一來起碼他在道德上高人一等，而這對他而言是一個安慰。

幼年被拒絕的第二個影響是：這些經驗讓孩子以為自己不討人喜歡，形成他極深的自卑感——只有當我們被人疼愛過，才會覺得自己值得人愛；若是不曾有過這種經驗，問題應該出在自己身上，那就是這個人一點兒都不可愛。之所以會有自卑感，也跟孩子年齡太小，不會與其他人做比較有關，他因而不知道，是他的父母親不懂得愛；他的世界就是父母親世界的縮影，換言之，父母親等於是他的全部。

隨著嚴重的自卑感而來的，是這個人根本不認為自己有資格活在世上，他活該如此，必須靠著為別人而活來換取一張生存權利的證明書。「我的存在就是一種錯誤」，一位有這樣童年的憂鬱症患者如是說。也許是母親或父母把他拘禁在身邊，周而復始與他講和；因為父母親自私自利，他不得不在祭壇上獻上自己的生命，而且覺得一切都合情合理。

無論是極度寵愛或拒絕孩子，最終的結果都很相似：二者都有可能導致憂鬱人格。被溺愛的小孩要到很大了，發現外在的世界中沒有人像他母親一樣寵他，也找不到人接替母親的角色——諸如備受照顧的婚姻關係、國家機構、社會保險等等——才懂得害怕，產生危機意識。這裡可以看出，他沒有隨著生活變得堅強，知道自己要什麼，所以爆發了憂鬱症。也有不少人轉而從某種癖好或癮頭上尋求出路。

在乏味以及冷漠的環境中長大的小孩很早——太早了——就學會了放棄一切，他安靜非常，很容易滿足，害羞而且很合作，樂得輕鬆的父母尚且不知憂鬱症就躲在後面。這樣的小孩習慣退縮，不要求什麼，長大後他總是向別人看齊，努力達到別人的要求和期許。面對這個世界時，他鮮少有自我，主觀意識不足，以至於成為別人的一件東西。他永遠不可能實現心中的想法，因為他恐怕自己太貪心，於是他時時有罪惡感，緊接而來的是憂鬱。所以，很多憂鬱人格者怯於和太多人來往；怎麼樣才能做到滿足不同人不同的要求？如果真的可行的話，大概只能讓一個人滿意吧。有些患者也許藉著給予、給別人他們自己得不到的東西，作為解決之道；他們嘗試把愛的赤字昇華為樂善好施的行為，普度衆生——而這麼做也是因為他們希望被人喜愛或受人讚美，否則，他們不會如此賣力。

這裡舉例描繪把大大小小的事都視為一種命令的情形：「每當太陽高照就讓我萌生一種想法，我應該要為此感到高興——光是這個念頭就夠我難過一天。」有一位大學生沒辦法把一本書從頭看到尾，即使他非常喜歡那本書；看不了幾頁，那本書希望被他讀完的感覺就會湧上心頭。他不認為是自己想把書看完，而是那本書對他做了如此的要求，這使他成為一件客體，索然無味。我們很容易想像得到，這一類的經歷最後會讓人全然捨棄，漠不關心，拒絕所有的挑戰。

我們由此看出，憂鬱人格者在這個世界上的極端模式。能「罷工」的人堪稱幸運，總算是稍加反抗那些不停息的「應該」和「必須」。如果事先不給這些人時間和足夠的條件，事後才強迫他們經歷未曾有過的事情：出於意志、自己的衝勁兒與願望，成為掌控全局的主體，這將使他們陷入最嚴重的苦惱沮喪之中。只有處於漸進的中立、無所謂以及不太關心的狀態時，他們才應付得過去；要不然他們會變成失敗者，遁入癖好中，或者走上自殺之路。因為他們的困境沒有解答，只好再三捨棄一切，生命簡直沒有樂趣可言；他們也嘗試置挑戰以及命令於不顧，結果卻是滿心的歉疚。不自覺的，他們反覆重蹈童年的情境。

前文提到，小孩會接收母親的形象，與母親的關係影響了他對自己的觀點，內化了的敵對，拒絕或苛求的母親形象通常不是自殺的主因，絕望才是主要原因。絕望深植小孩的內心深處，他因而排拒自己、恨自己，繼而毀掉自己。他無法不恨母親，罪惡感如此之深，寧可恨的人是他自己。恨意、罪惡感，恨拒他於千里之外的母親以及恨自己，這些感覺混合在一起，形成了嚴重憂鬱的心理背景。自殺傾向則是殺人意圖的偏鋒，同時也是對於自己痛恨母親的一種懲罰。

顯而易見，憂鬱人格者的主要問題在於無法快樂的「自轉」，以及主體不健全的發展。他們的自我如此脆弱，這個世界對他們實在要求太多，放眼所見只有堆積如山的要求，使得他們頹喪絕望不已。他們因為自我過於軟弱，根本不可能有強烈的衝動、願望或立下目標，遑論以圓熟的方式拒絕苛求，縱使他們懂得運用這些技巧；憂鬱人格者因為害怕被拋棄，也基於良心不安，很難啟齒說「不」，以為一旦說出口報應就紛至沓來。他們唯有憂鬱，如果超過忍耐極限就不自覺地罷工，但也很難釋放心中的譴責。融化在靈魂深處、永遠不敢表達的恨與妒，對他們的人生觀下了毒，長長久久，必須藉著自怨自艾或懲罰自己來贖罪。只要他們持續避免發展自我，一寸一寸的放棄自我，就無法改善現況。能助他們一臂之力的，只有勇於獨立自主。

憂鬱人格的故事

我們再舉一些例子。

一位年輕的女孩在咖啡座認識了一個男人，那個男人找她聊天，他知道講自己的狀況——離婚、寂寞——會喚起她的同情心。他很依賴她，不斷要求與她見面，愈來愈攻佔她的心，後來，他希望和她結婚。雖然女孩始終不覺得這男人有吸引力，也不愛他，但她想不能讓對方失望，因為人家很需要她。她無法及時說不，一開始就婉拒；她不願這麼做，也沒多加留心，以至於給了對方希望，當她終於拒絕求婚的時候，心中惴惴不安。

這個例子告訴我們，憂鬱人格者的內在世界，比不敢說不更糟的事尚未浮出檯面。他們設身處地為別人著想，因為涉入太深而忘了自己的立場和權益。面對別人時，他們不太有衝勁兒，不會興起任何願望，臣服於別人的願望和衝勁兒之下顯然容易多了。他們習慣幫別人達成心願，即使並不十分情願，也會不自覺的拔刀相助。所以，他們很容易捲入別人的事件之中，這個弱點很容易被自私的人所利用。看到別人那麼忍辱屈從，他愧疚不安，加上羞於自己的安逸，又不敢承認，他們很難從泥淖中拔腿走開。

這個女孩的家庭十分複雜，她的父親在元配過世之後與一位樸實、地位低於他的女子——一位難民——結婚；父親當時六十多歲，已出現老人痴呆的症狀。那時她大約八歲。她與年齡比她大得多的兩位繼姊住在同一個屋簷下，在那棟房子裡進行著父親元配留下來的生意，兩個也住在家中的繼姊都要在店裡幫忙，姊姊們對她的母親並不友善。母親很害羞，丈夫又不支持她，對她的小孩睜一隻眼、閉一隻眼。母親如果替自己的孩子添購新衣服，小孩好像得偷偷地穿，並且感到良心不安，好像從繼姊那兒偷走了什麼。因為父親無所謂的態度，母親與女兒都覺得自己是外人，莫名其妙闖進這個家，搶了其他人的好處。父親在世時她被勉強接納，父親過世後就被逐出家門；母親無從反抗，只好出外工作。母親雖然去找了律師，而律師也說沒有人可以逐她出户，但她沒有力氣也不夠堅強維護自己的權益。這個小孩在沒有生存資格的情境中長大。「母親膽子小，我從來沒看過她堅持己見。她在背後批評親戚，轉臉就原諒他們；不停地抱怨，永遠不甚滿意。她常上教堂，把我拖到墓園的小教堂裡，然後我們一起為可憐的人禱告，希望生命之碗多少掉出一些麵包來——我們不奢望別人多施捨。繼姊什麼都有，應該過得像公主一樣，她們的母親年輕過，父親也一樣。於是我找到了解決辦法：如果沒有人憐愛我，那麼我希望窮苦一生，什麼都沒有——可憐的孩子——可愛的孩子。我從基督教義中找到了典範：貧窮，一無所有，耶穌基督再世！」

M女士和一位女同事分租一棟房子，倆人在同一間辦公室工作。她有車而女同事沒有，於是她養成了載女同事去上班的習慣。女同事漫不經心，清早總是拖拖拉拉，搞得M女士上班老是遲到，對自己從事的勞役十分厭煩。週末她也常開車送女同事出去，這差不多已經成了她的義務，誰叫對方沒有車呢。她注意到當司機的那些日子中，老是莫名其妙地頭疼，胃也不舒服。

進行心理治療時她講了出來，怎麼能不當同事的司機呢？汽油錢也是她自行負擔，汽車是她的呀。女同事從來沒想過要分攤費用。她雖然生氣，卻既不要求對方分攤費用，也不承認自己實在很不高興；相反地，她認為自己太吝嗇，為這種小事斤斤計較，太不值得了。就這樣的，她讓自己做苦差事，被利用，生吞下怨懟，直到她發覺身體的症狀，顯然有些事不太對勁，要不然她的潛意識不會發出警訊。身體的不適正表達了她不敢活出自我：頭疼表示她生氣，胃的毛病表示她無法提出要求。她有一半猶太血統，這徒增她的困擾，女同事該不會想是她的猶太血液在作祟，所以她很計較錢——猶太基因使得她老往壞處想。儘管她左思右想，仍然把請女同事分攤汽油錢的話說了出口，對方也一口答應，她驚喜之餘，不但週末才出現的身體不適消失無蹤，與同事也進一步發展為朋友關係。她對待這位女同事的態度，是她日常生活中諸多類似的例子中的一個。

憂鬱人格者每一天的生活中充斥著這樣的行為，就是沒有勇氣堅持己見、貫徹主張，試著說不，成為主體。讓步、捨棄、不保護自己，這些已成為他們的第二天性，絲毫不察覺這種行為模式讓他們鬱鬱寡歡，還以為自己天生如此，無力改善。雖然醫師會開抗憂鬱的藥物，但是，病患自己若看不出導致他們憂鬱的外在因素，將會愈來愈依靠藥物，症狀雖然得以減輕，卻剛好把問題蓋起來。

現在我想多描繪這位女病患的成長背景：

她是一樁問題叢生的異國婚姻中唯一的孩子——母親是猶太人。她很小的時候就知道父母之間嚴重分歧。她常想父母勢必要分手，每當父母起爭執而情形不妙時，她擔憂他們會對她怎麼樣。父母親在她面前常常提到分手的事，通常是如此：「爸爸和媽媽打算分開，妳得決定比較喜歡跟誰在一起。」四歲大的她陷入苦惱之中。父親和母親她兩個都喜歡，根本沒辦法決定什麼，如果一定要決定跟誰，她會對被她「背叛」的那個人心懷愧疚。她悲觀的嘗試——這情形盤據了她的童年時光，數年之久——奔走於父母之間調停、傳話。她悄悄告訴母親，父親其實沒有那麼糟，只是脾氣暴躁，希望母親不要太認真，父親最近才跟她講很後悔控制不住自己的脾氣。她也悄悄地告訴父親，談到分手時母親有多傷心，她非常確信母親深愛著父親，雖然母親不太表示。一部分是因為她的努力，一部分則是有其他的理由，父母親並沒有勞燕分飛。但是她卻覺得自己住在隨時可能爆發的火山上。在父母親的婚姻上她居功厥偉，扮演著重要角色，有一次她說，她是父母之間的「黏膠以及潤滑劑」，換句話說，她有個感覺，父母分手或在一起取決於她。

父母的關係如此不穩定，她還能拿自己的煩惱或問題去增加他們的負擔嗎？她想，恐怕三個人都會完蛋了。她從來就不是個天真無邪的小孩，不能做她自己。漸漸的，她自動的把所有自身的願望、衝勁兒、煩惱、情緒和恐懼都嚥下去：這些反應根本不會發生在她身上。症候群是：她很早就嚴重脫髮、齒牙動搖、全身脫皮，另外還有一個擾人又尷尬的徵兆：每當她和別人在一起，肚子就發出清晰可聞的咕嚕聲，這是她潛意識中面臨無法抗拒的處境時的一種抗議行為。這有可能是胃病的先兆，也就是後來她與女同事不睦時出現的病痛。

她成為一位「功能」良好的人，在壓抑自我的情形下，認真無瑕地完成特定的任務。但當她必須堅持看法或在辦公室對別的同事有所求的時候，卻感到窘困又無助，她沒來由地心慌，寧可自己動手，同事們當然會利用她這個弱點。

星期天以及假日出現的症狀背景也十分相似，突如其來的自由令她擔心，因為平時她不能有任何需求，不能做自己；現在，這些藏在她心底，被壓抑、禁絕的願望都浮了上來。

再舉一個不會說「不」的例子：

病患是一位年輕的美國女性，戰後住在德國，接受芭蕾舞的訓練。每當她上完課回到家，想悄悄鑽進租賃的房間時，總會遇見女房東，房東拉著她在廚房「閒聊一會兒」，雖然她很累，晚上還要表演，應該休息的，但是她沒辦法說不。戰後的德國人日子過得艱辛，她「必須」邀請這一家子——主婦、老氣橫秋的女兒、兒子以及因不被接納而出言不遜的媳婦——喝咖啡，這在當時可是個奢侈的享受。房東的女兒無法掩飾對她漂亮衣裳的嫉妒，迫使她不太情願地把一件自己很喜歡的洋裝送給她。房東的兒子跟她擠眉弄眼，雖然她完全沒有意思，卻「必須」時不時回應對方一下，免得他太失望；最後，她「必須」和那位媳婦展開談話，以便緩解這個家庭的緊張氣氛。瞎混了兩個鐘頭之後，她像癱了一樣回到房間，開始狼吞虎嚥，彷彿快餓昏了——暴食症導致她偷拿女同事放在衣帽間的甜點，於是她來接受治療。

我們總能從憂鬱人格者的成長過程中，找出阻礙小孩發展自我的環境因素。這位美國小姐也是一樁破碎婚姻中的獨生女，很早就學會退縮，在她尚未長大、發現自我之前，就把父母的問題視為自己的問題。

現在舉一個寵小孩的例子：

S先生是獨生子，父母感情不錯。母親沒有什麼特殊的興趣，也還算幸福，嘴巴上不說，但心裡多少有點兒不滿意。小孩出生幾年以後，母親突然把她所有未獲滿足的能量投注到孩子身上，這變成她最重要的生活內容。她像保存珍貴首飾一樣呵護孩子，多慮，在能見範圍之內，悉心不讓小孩受傷害，遭遇危險。所有的事她都覺得危險極了！清爽的風兒吹過來，她立刻認為兒子會感染肺炎，用衣服把孩子裹得密不透風，這使他成為同學的笑柄（這類的母親並不懂得如何照顧小孩）。小孩在沙地上玩，她認為到處都有致命的細菌。騎單車——多容易摔倒呀，不是跌斷骨頭就是被撞！班上舉辦郊遊或跟同學出去——天知道會發生什麼事，光是在穀倉裡過夜，又沒有母親烹調的美味、營養豐富的飯菜，說不定那個同學一引誘，他就變成同性戀啦！兒子到了青春期她還幫他洗澡、搓背、把早餐送到床前——簡而言之，兒子生活在安樂鄉之中，付出的代價是沒有意志力，也打不進男性的世界。

處於青春叛逆期的他有一次很想違抗母命，大鬧一場，爭取和同學長途騎單車旅行的機會，腳踏車鎖在地下室裡，母親雙手擋住門，用驚天動地的聲音喊叫：「你要踩著我的屍體才走得出去」。兒子讓步了，母親做了他最愛吃的菜，用無盡的愛來回饋。青春期過後，母親不忘叫他離女孩子遠一點兒，說：「她們呀只想要你的錢」；「千萬別讓人纏上，她們只希望嫁給你，讓你來供吃供穿；她們曉得你將來會繼承財產，大做錦衣玉食的夢」等等。他若對哪位女孩稍有好感，母親這一關都很難通過；母親對誰都挑剔得出若干毛病；這個是「出身不好」；那位穿著太風騷，不必考慮；另一個對她不夠尊重，「配不上你」。她一個一個淘汰，而他習慣了用母親的眼睛來看世界，很快就發覺母親的話有道理，最後不敢追求女孩子。

他十五歲的時候，父親因意外而過世，他的悲劇因此獲得了確認，現在只有母親與他相依為命，母親也千方百計要他相信這一點，他不能丟下她不管。晚上在外頭逗留的時間稍微久一點，他就滿心不安——母親一定擔心死了！週末和假日他都陪著母親，要上大學的時候，學校位於鄰近的城市，那場離別足以摧人心肝，似乎他要去的是另一個洲或者從此再也見不到面——於是他承諾每個週末都回家。

母親熟知他所有的事情，並非他鉅細彌遺的敘述，而是母親打破沙鍋問到底，以至於他養成什麼都說的習慣。母親為此感到得意，可以炫耀：「我兒子跟我是沒有秘密的。」他自己對這種零距離習以為常，母親理所當然拆閱他的信，他不認為有何不妥。一旦他內心或外在因素「危及」他們的共棲關係，母親會在微妙的時刻生病，用這個方法把兒子留在身邊。

他永遠是母親長不大的兒子，少數幾次脫離臍帶的嘗試都因母親強加的罪惡感宣告失敗，過不久他就完全放棄這個念頭。他終生都在當「乖兒子」、傻好人，友善、樂於助人，但乏味且無性別。他對女性心存畏懼，在她們面前顯得笨拙又害羞，不知道如何贏得芳心，因為他只懂得當乖兒子，跟比較年長、像母親般的女性才相處得來——他深諳箇中巧妙，這樣的女性既不危險，又能欣賞他的彬彬有禮與殷勤。一旦有年齡相當的女性對他心存好感，試著與他交往時，母親的警告總適時地響在耳際，為他築起防衛的城堡：她還不是為了錢。他的少壯就這樣虛度，隨著年齡增長，他不會與人來往，包括男女兩性，只會繞著母親打轉，益發顯得困窘。母親因他的配合演出，出人意表的青春永駐，十分滿意與「兒子情人」的這樁「婚姻」。

另一方面，他因為備受寵愛而驕縱得不得了，他自己不知道，以為一切理當如此。大學畢業後，一位父執輩為他在一家頗具規模的公司謀得一個代理的職位，由於母親總是捧他，同時為了抵消他的弱點，他自以為特殊，即使別人並不認為他表現突出。他非常在意別人的批評，自大的態度令上司為之氣結。他的紳士風度很快就為他爭取到客户，雖然他的專業能力並不特別優秀。他常常推開一些事情，挪出一整個下午（出公差的時候才可以），流連於咖啡座、去游泳或看電影。這樣他當然不可能如他所願的步步高昇；他認為別人不賞識他的才華。有一次出差時，在酒精的作用下，他被一個女孩引誘，雖然他一再努力，卻體驗到自己性無能。他因此尋求心理治療——違抗母親的意思，這對他來說意義重大，是個好現象。

現在再舉一個幼年時屢遭拒絕的例子：

A先生是他母親非婚生的第三個孩子，她每次都是跟不同的男人，懷他的時候就滿心不情願，成長的過程中他經常聽到這些話：「要是沒生你就好了！」有一次，他帶了一幅小學時畫的圖畫來接受治療，畫中的人兩手綁在背後，穿過森林的禁止標誌牌，牌子上寫著：「唉呀，如果你……」；「馬上放手」；「看我回家怎麼修理你」；「你又混到那裡去了」；「再犯的話就……」等等。他還很小的時候就有自己沒有資格活在這世上的感覺，別人只是容忍他的存在而已，他應該為此感激涕零。母親一直與貧困掙扎，而他也覺得母親並不想給他什麼，他自卑並且學會了盡量不引人注意；接受治療時，他坐在沙發上，雙手放在長褲的縫線上，剛開始動都不敢動一下，讓人以為他天生如此：千萬別引人注目，最好不讓別人察覺，不刺激任何人——如果他不吵到別人，就不會被送走。他的生活也是這般：他盡可能不需要太多的空間，過度謙卑，沒有願望或計畫，所到之處都吃虧，必須捨棄一切，不對未來抱持任何希望，他很早就開始送報紙賺錢，掙得的微薄薪水全部都拿回家。

他一直在同一個行業工作，後來賣報紙維生，生活中唯一的樂趣，是當他寒天在有穿堂風的角落站了好幾個鐘頭，差不多快凍僵了的時候，喝一杯暖呼呼的格羅格酒⑤，或是晚上抽一根小雪茄，偶爾看一場電影。他非常寂寞；他怕女人——總是在女人身上看到母親冷酷、嚴苛又無情的影子，他不認為女人會為他帶來什麼好處。

他從未見過他的父親，因此非常渴望有一個父親般的領導人物；當一個年紀較長的男人對他示好時，這份渴望再度甦醒，他立刻投入對方的懷抱。他時時擔心畸戀被人發覺，對這位有性虐待癖好的男友十分依賴、言聽計從、什麼都接受，並不是因為他害怕，而是不希望男友對他失去了興趣。在這段關係中，他受盡折磨與屈辱，只為了取悅對方；但至少這段關係中還有一絲絲人的情感，讓他覺得自己重要，可以給對方一些東西。有時候他被男友像物品一樣利用了之後，一股恨意突然襲上他的心頭，但被拋棄的恐懼勝過一切，所以他順服了，他甚至會用新的花樣來引起男友的興致；在這個性變態的關係裡，他也有了施虐的狂熱，就像男友虐待他一樣。他只有一項嗜好：偷偷地寫一個喜劇，劇中他很了

⑤譯註：熱水的朗姆烈酒。

不起，但這個劇本始終沒有完稿——也許算他幸運，因為這個陪他度過寂寞的夜晚、有朝一日享譽文壇的夢想，想必也將隨著作品完成而幻滅。

有一位四十出頭的婦人因為要做心理治療而寫信給我，進行治療之前我們有過談話，然後她寫了下面這封信給我（我第一次和她談話時有問她希望治療為她帶來什麼）：

「我的童年充滿了恐懼，如果當時我很清醒地察覺一切的話，那絕對是一場災難，所以，可以說我潛到水裡去了。我希望您把那些妖魔鬼怪趕走，拉我上岸，教我井然有序的方法，如何分配時間，如何與別人以及我自己相處。我希望您和我一起與安眠藥、香煙以及酒精奮戰，教我在與別人意見不合時，如何擇善固執，而不是累死人的把排山倒海的情緒貯存在內心深處。我要奮而反抗的事情很多，我的要求從來沒有被重視過，因為我看起來很乖順。我從未真正工作過，非常懶散，對我而言，童年時與父親的關係比重最大，他被藏了起來，常在夢中出現。」

這裡的自述可以說是童年的悲劇：

父親患有精神病（當時她大約十二歲），直到過世都住在家中，由一位男護士照顧。父親貪愛杯中物，一喝酒就變得脾氣暴躁，口不擇言，難聽的話都進了這個小孩的耳朵。母親很脆弱，生下比她小三歲的弟弟時得了產後憂鬱症，之後很長一段時間有嚴重的強烈妄想，幻想著她以殘忍的手段殺死自己的小孩，把針插進小孩的腦袋。在這樣的氣氛下，年方五歲的她經歷了下面這個事件：一次父親酒後發瘋，闖進她和母親共用的房間，用一把左輪手槍從她頭上低空轟過，然後跑出房間。母親想打電話報警或請醫師來，這個女孩卻說：「我們應該告訴爸爸，他會幫忙的。」

顯然這個孩子必須先超越自己的忍耐極限，然後才能克服心中的恐懼，她把感覺從知覺分了開來。現在我們比較能理解她信中的一句話，她說，如果幼小的她很清楚地察覺一切的話，對她來說那應該是一場災難；我們也能理解，為什麼父親仍然藏在她記憶中，不時出現在夢裡。她所經歷過的威脅與恐懼，假設她意識清楚，知道是父親所為的話，想必是情何以堪——害怕及沒有安全感早就爆發出來了。所以，她跳過了這一段，搶救父親良好、守護的形象，硬生生把受威脅的那個畫面抽離，彷彿要殺她的是一個陌生人；如果她向父親求助，他就不會再威脅她，變成意識中能幫助她的人，而她迫切需要這樣一個父親。要多大程度的害怕與絕望，才可以使一個小孩不得不具備這項能力，來處理這個事件！當然，這是一個惡夢般折磨她的特殊經歷，我們想像她當時暴露於危險之中，多麼害怕、絕望，而這就是她童年的寫照。她可以逃到哪裡尋求庇護呢？所以，她過的日子——除了上述的各種癮頭之外——像夢境：事實上她從未活在真實的世界中，等著被保護，根本看不清危險及威脅，與周遭環境漠不相關，避免再一次經歷創傷，她的酒癮等等也是逃離世界的徵象，最理想的狀況是根本沒有被生下來。我們也因此能夠理解，為什麼她張著眼，雙手抱住膝蓋，沉到海裡去，透過水她望向天空，覺得自己無比幸福。她躲到夢幻般的生活裡，逃過現實的浩劫，處於憂鬱和精神病的夾縫中，當不堪的真象打擊她時，這些可以保護她。

一位三十二歲的外交官因為長期性無能來接受治療，他的性功能障礙（並無任何器質病變）並非他個人的問題，也與伴侶有關，所以有下面的敘述：晚上他下了班回到家、洗澡、照料半歲大的兒子、餵他吃東西，這段時間他的妻子躺在沙發上抽著煙看書。他是三兄弟中的老二，大哥年少時血氣方剛，粗野又難馴服，母親因此很排拒他。他的直覺告訴他，母親比較喜歡他：他是乖孩子，會討母親歡心，把屬於男孩的、男性的特質通通剔除掉，幫忙做家事，整潔、守規矩，是母親的寶貝，相形之下哥哥很失色，但是他付出自己男兒本色的代價。他繼續在婚姻中扮演乖兒子的角色——比較像乖兒子而非丈夫——，飾演他熟悉的人物，包辦所有事務，聽妻子指揮，因害怕妻子不愛他而沒有脾氣，一如當年，擔心如果反對母親的話，母親就不愛他了。他從來就沒有什麼需求，也不曾說過「不」。他的症候化解了所有的衝突：他用永遠無法滿足妻子來報復自己，懲罰妻子——但他一點兒也不感到愧疚，因為那是「身體的症狀」，面對這個症狀他束手無策；同時他也藉這個來懲罰自己，他生吞下去對妻子的怒火——都在潛意識中進行。當他明白這些前因後果之後，決定突破重圍：平生第一次醉酒、抽第一根雪茄（母親不喜歡，所以他煙酒不沾），婚後第一次清晨四點才醉醺醺的晃回家，而不是一下班立刻回家，妻子非常吃驚，但很高興他總算回來了，她是位理智的女性，希望嫁的是個男人，而非兒子，所以笑著展開雙臂迎接他、誘惑他，於是他重振雄風。

補充說明

這些例子告訴我們，恐懼以及避開恐懼在憂鬱人格者身上產生的作用。害怕「自轉」、做為主體、害怕被拋棄，以及害怕孤單一人、寂寞，屬於恐懼原型的第二種，與分裂人格者害怕別人接近、害怕付出是截然不同的兩極。不願成為自我、擁有獨立的個性，憂鬱者的性情必定充斥著歉疚，逐漸變成一個生命的客體。憂鬱的人也許覺得生活對他們要求太多，無力負荷，隨時隨地滿心不安。

讓我們試著為憂鬱人格者的圖象補上幾筆：如果一個人不希望成為獨立的個人，過度倚賴別人的犧牲奉獻，便失去了相對的自我價值。他退縮，有取之不盡的同理心、同情心，總是為別人著想，站在別人的立場，顧及別人的利益，感同身受直到與對方化為一體。更甚者，他同情心氾濫，設身處地，雖然這些都很正面，問題是憂鬱人格者陷入為人著想的泥淖中不可自拔，再也找不到原先的自我；他因此失去自己的觀點，變成應聲蟲——可以說他誤解了基督教義中的「愛人如己」，轉變為「愛人勝過愛自己」。

這樣的人很容易被人利用，他以為別人想的和他一樣，考慮周到、體貼入微、配合度高，其實不然。大部分的人都比他來得自我中心，願望也比他多得多。這就出現了一個前文提過的狀況，他會因此培養出一種美德，把自己的行為昇華為理想主義，以便處理自己的嫉妒，自認道德上高人一等，來安慰自己。看到別人心想事成，自己辦不到，但絲毫不嫉妒，是多麼高貴的行為——這種態度必須符合集體制或宗教理想，就像基督教的某些教義一樣。

憂鬱人格者的理想——任何理想皆同——都很難實現，他們卻不願放棄，因為捨棄與不嫉妒已經消耗了太多的精力，還有道德高尚的問題——不可以拒絕別人、批評別人。他們待人處世都很不靈活，顯得能力不足，因為手腕不夠而不敢插手別人的事。如此一來，他們跌進理想主義的天羅地網之中，但這不能解決他們的問題，因為這些理想跳脫了他們的恐懼。誠如歌德所言，謙遜、順服的高尚的行為不會把人導向嫉妒，也不會因生活中的「不公平」而苦惱。

日常生活中多的是瑣碎、無關緊要的事，引起憂鬱人格者一些官能上的症候，如果他注意到這些情況的話，應該可以改善。一位憂鬱人格者請客或作客——他總是想自己應該獨自負責，要讓客人相談甚歡，一旦氣氛不夠愉悅，他就感到自卑或歉疚；他拼命表現，氣氛怎麼輕鬆得起來？他根本没想到，其他人也有責任，一個人很難搞定一切，讓大家都「快樂」——他覺得自己的責任重大。一位病人，每當他的朋友把他介紹給別人認識時，他便萬分煎熬：永遠無法放輕鬆，心頭老是糾葛著：這是張新面孔嗎？他喜不喜歡這些人呢？去聽音樂的時候，他也不自在，很難享受，他想像自己既是台上演奏的人，也是觀衆，以至於他的恐懼加倍，音樂家會出錯，觀衆會失望。總而言之，掌聲若不熱烈的話，一定有人失望的。這樣一來，他根本無法當他自己，而是莫名其妙地夾在人我之間，不斷重複宴客的情境，他必須為周圍的人著想，瞭解他們的需要，讓人人都滿意，他的自我則退縮起來，否則，他就是在拿別人分給他的一丁點兒安全感和情感開玩笑。就像我們在分裂人格者身上看到的一樣，不相關的風吹草動都會讓他們想東想西：分裂人格者因不與人來往而產生妄想；憂鬱人格者捕風捉影往身上攬，把別人當成自己：以為自己要對所有的事情負責，這並非源於妄想，而是因為他缺乏堅強的自我，為別人，而不是為了他自己而活。

不難理解為什麼憂鬱人格者面對身體的症候毫無抵抗能力，潛意識中這是保護他免於太操勞，所以他不會為種種病徵而感到不安。他們喜歡生病以及因病住院——終於有權利讓別人來照顧他們，自己則什麼都不必操心——如果他們自己不因為生病或「不服從」而難受，也不覺得內疚的話。

他們不曾當過主體，這種經驗幾乎不可避免的讓人生恨，對於自己被人利用，他嫉妒、懦弱、滿腹辛酸。飽受折磨、不安內疚的人要怎麼樣才能揮走這些感覺呢？看來只有一種可能，他要培養謙卑為懷、順從、息事寧人以及一無所求的理想；這樣他才有希望獲得內心的寧靜——但這種寧靜畢竟危機四伏，鬱結著被壓抑的情緒。基督教是一個以愛為主張的宗教，宗教史上卻充滿仇恨、殘暴以及戰爭；這值得研究。順服是否與基督教義有關，教會政治利用這點，好讓信徒永遠長不大，用上天堂的獎賞換取他們這一世的恭敬順從？從中產生的恨與妒，轉化成「驗證」過的偏執，被用來鬥爭非基督徒或叛教者，譬如焚燒巫婆、迫害異教徒，以及宗教法庭上所展現的，都是不尋常的變態宣洩。

每一種理想，如果把人性中的基本動力簡單化、極端化，或者排除異己，都很危險。我們的心靈以及潛意識對這種片面的東西都會特別留意，知道自相矛盾埋伏著的危險，這種生活的內容是：夢幻與錯覺，與人邂逅，尤其是恐懼——我們必須解析這些現象。被壓抑的情緒，以誇大的形式出現在自覺卑微、凡事退讓的人的夢境中，多半是發生在另一個人的身上，但仍然屬於他內化的證明。類似的情形也會發生在選擇伴侶方面，通常我們會被一個與我們南轅北轍的人所吸引，且深深著迷，因為我們的潛意識預料，這個人會讓我們學到平時不敢嘗試的體驗——至少有這個機會。

我們從基本動力中經常體驗到一個現象，亦即不曾經歷過、被壓抑的內外情境。不論是遇到某個情況，或者與伴侶之間，一個人若缺乏做主體以及化解衝突的勇氣，超過忍耐極限，以至於被迫改變自己的行為模式，那些壓抑將會一發不可收拾，一向被扭曲的個性將以新人之姿登上舞台，然後以一種老練的方式被表現出來，如同我們在那位暴食、有偷竊癖的年輕女子身上所見到的一樣。

有一種人看起來很健康，卻會被憂鬱人格襲擊，程度從輕微、嚴重乃至於十分嚴重，我們可以這樣描述他們的情形：沉思、冥想——沉靜內向——謙虛、害羞——不敢提出要求、堅持己見——懶散、被動——不期待什麼（期待生活安逸如樂園）——不抱持希望——消沉——沮喪。這類人選擇自殺的例子並不算少，不然就變得沒精打采、不積極，或者轉往發展某種癖好，短暫的強化自我，把憂鬱藏起來。躁鬱症——以性情的觀點來看，我們稱之為憂鬱症，而非分裂人格、精神疾病，這兩種病並不屬於同一類，有躁狂以及抑鬱症這兩種不同的階段（天大的喜悅——致命的消沉），通常與個人的成長過程有關。躁的時候，所有的拘謹和自動放棄都不見了，患者熱情洋溢、心情愉快，沒有節制的採購，負債累累，百分之百樂觀，揮霍無度——直到轉換為憂鬱的階段，一切恢復舊觀，自怨自艾、膽小如鼠、絕望且没有精神。如果生活中有一定的規律，在狂喜與大悲之間交相更替的話，那麼，表現在躁鬱患者的身上的更迭十分驟然而且陡峭，從充滿希望的光芒撤換到絕望悲觀，然而憂鬱症只是肇因於没有希望。

憂鬱的人通常很虔誠，在宗教裡尋求寄託，其中擺脱痛苦以及釋放罪惡感對他們最為有用。他們希望藉由冥想，找到統合與團結的神祕經歷，滿足他們的渴望。主張恭順以及苦難的基督教之外，他們也向佛教尋求捨棄世界的慰藉。所有倡導無私忘我的信仰都對他們有吸引力，天真地以為現世無法滿足他們的願望，下一輩子會好轉，現在受苦正是一種提昇。生活中不公義之事如此之多，他們所從事的工作多半與犧牲自我、捨棄美好事物有關，譬如繁重的護理人員。也許對憂鬱人格者來說，最難承受的是現代自然科學理論可能會推翻他們的信仰，因為他們唯有深信不疑，生命才有意義，才堅持得下去。學術界總是講求理性、可測量及可證明性，貶低了他們的信仰，試圖把他們的虔誠解釋成狹義、非形而上，或者說他們天真、徒有理想。憂鬱人格者並不知道，學術界只能闡明生命和世界一部分以及萬物皆有一死的觀點；然而以征服大自然為主的科學，早晚都是作繭自縛這一點已獲印證。

另一方面，憂鬱人格者有過度把自己交給上帝和魔鬼的傾向。人性中有天堂也有地獄，認識自己邪惡的一面，接納它，並且與之抗爭，是我們的責任，而不是一味地投射到魔鬼或敵人的身上；我們也應該認識自己良善、聖潔的一面，尋找以及試著按照上帝和我們自己的意志付諸實踐，而不僅僅為了求來生的福報。憂鬱人格者太容易相信「上帝的旨意」，於是順服，以曲解的恭順擺脫了自己應該負的責任。自比為耶穌基督，拯救世人以及類似的宗教妄想是一種病態。

平素健康卻被憂鬱襲擊的人，可以藉此探尋更深切的虔誠，獲得神祕的經驗，他會認為死亡是一種解脫，最常見者是向死神投降。遇見「神蹟」有的時候會釀成對命運低頭，意義重大。他因此對生活採取容忍的態度，時運不濟時，他覺得都是自己的過錯，隨時準備和解，一不小心就被人利用，吃虧上當。

在倫理方面，他嚴守戒律，覺得自己做得不夠好，罪惡感又加深了一等。他捨棄、犧牲一切，過著苦行僧的日子，經由此種生活狀態把自己從這個世界抽離出來，時時處於生命的刀鋒上，虛實之間只有細微的差別。有憂鬱人格的父母和老師具有社交能力，並且努力為孩子著想，很瞭解孩子。他們的問題在於，基於畏懼生命以及害怕失去，竭力把孩子留在身邊；不太願意讓孩子自由自在地長大，也不和孩子保持適當的距離。始終如一對他們而言很困難，即使迫於情勢也狠不下心來，他們寵壞孩子，不鼓勵孩子勇於嘗試，都因為不願失去孩子的愛。他們溺愛、呵護小孩，經歷貧困童年的母親經常抱持這種想法：「我的孩子要過得更好」，因而難免給得太多。

職業方面，他們傾向母性，照顧、協助、服務他人的工作，樂意付出，發揮有耐心又善體人意的特質，社會服務、福利、醫護方面、心理治療、公益事業最為適合。他們善於「等待」，符合這個字眼的雙重義涵——耐性十足，像一位無微不至的園丁。他們如果選擇以醫師、精神層面以及教育類為業，並不是為了社會地位或優渥的待遇，而是出於心中的呼喚，工作對他們而言並非僅是換取溫飽的差事。園丁、森林管理員、餐館服務員、食品業以及諸如此類富含母性的職業最適合他們。

憂鬱人格者做的夢——如果他們把它當一回事說出來的話——主題經常繞著飲食打轉，夾雜著失望與絕望，點出了他們不敢伸手拿食物的心理。夢中他們走進一張滿是佳餚美味的桌子——沒有空位了，缺乏餐具，要不然就是都被吃光了——可望而不可及的景況。夢境中拿菜時的拘謹也可能表示他懷著一個希望，希望自己有衝勁兒，但是途中總是遇到一大堆阻礙，夢中的他永遠無法到達目的地，不得不放棄。吃不到自己想吃的東西的人，心裡想著有朝一日願望一定會實現——於是形成另一個夢想，大家都飛往安逸無憂的樂園，在那兒迎接他們的是無比的舒適，被動消極的要求通通得到滿足。他們也有可能做另一種海盜夢，幻想自己是小偷或罪犯，這個夢想苦苦糾纏，原有的意圖變得模糊不清，終至偷搶都來，無法正常取食可以被扭曲到如此程度。他的自我要求較高，或任憑別人苛求於他，這些引起他頹喪消沉的主要原因，也都反映在夢中：「我與父親一起去山中健行，山路非常陡，我揹著背包，父親的大衣和他的包裹也都揹在我身上。」

健康的人代人背負重物，表示他有能力也有意願助別人一臂之力，「接納」別人。他表現出細心、樂於助人、體諒人的態度，能夠寬宥，耐心等候，讓時機慢慢成熟，從中透露些許利己主義。他仰賴自己的感覺，要求很少或根本沒有任何要求，放棄一切其實比什麼都簡單。但是生命就顯得沉重得多，他也許培養出逆向、符合他邏輯的「幽默感」，只要能讓人發噱就夠了。他變得非常虔誠，倒不一定是在宗教方面，是對人生所抱持的虔誠態度，明知人性軟弱，危機四伏，仍然執意作出承諾，並且深愛這樣的人生。憂鬱的人心底放著史比特勒《普羅米修斯與艾琵米修斯》（*Prometheus und Epime-theus*）的故事：「自我價值令他們感到羞愧」——寧可把光芒藏在黑暗處，好讓別人來「發現」。他們常常是靜靜的深淵，感情豐沛深刻、溫暖，他們感激涕零擁有這些特質，從中得到愉快的感覺，很少邀功，不太夸夸談論自己的專長，認為這只是老天恩賜的禮物，活在如假包換的謙卑當中。

第三章

害怕改變

強迫人格

Die zwanghaften Persönlichkeiten

「僵硬如石！持之以恆！」

——赫塞（H. Hesse）

我們很小的時候就渴望長長久久，熟悉的事物、信賴的人一再回到我們身邊，對於正在成長的我們這個格外重要。這些讓我們發展出人性的特質，有感情、個性、愛人的能力，學著信任別人、懷抱希望。從分裂人格者的身上，我們看出幼年期關係人更換頻繁，或者從缺，導致他發展遲緩，了無樂趣。關係人持之久遠以及信守諾言再回來，對我們記憶、認知與經驗的發展，亦即在這世上的方位，十分具關鍵性。如果我們存在的世界一片混亂，沒有良好的法規可遵守，我們的能力會難以發揮——外在的混亂會影響內在的發展。我們的世界系統，應該滿足我們的求知欲，反映內心的感情，社會井然有序，並且有法規可循。如果月球始終莫測高深，教人猜不透它運行的軌跡的話，登陸月球大概永遠都無法成功。

最清楚的莫過太空人觀察到的宏觀與微觀宇宙，開啟了當代的文藝復興。艾德勒（Oskar Adler）在他的《太空人遺囑》（*Testament der Astrologie*）中引用了康德的話，生命中有兩件事情讓人永遠心懷敬畏：「滿天的星斗與道德規範」。假設我們感知自己肉體存在於宇宙之中，就可以找出自己的紀律與原則，超脫所有的理想。我們之所以存在，之所以擁有生活其中的空間，這些基本的條件不是人類自己虛構出來的。本書卷首引用的譬喻已對此做了說明。

追求永恆是我們的本能之一，不希望失去所愛，是我們感情的根源；神就是以這種不受限於時間、永恆以及當下的形態，滿足了人類的願望。我們並不十分明瞭自己的這份思慕之情究竟有多深，但是，一旦我們信賴、習慣的人事物驟然改變，或者嘎然而止，不再存在，強烈的思慕會立刻湧上心頭。被消逝的恐懼所襲擊，在驚訝中體會到自己有多依賴，原來生命如此短促。

這一章我們要談的是第三種恐懼的形式：害怕消逝。這種害怕打過來的時候，劇烈到我們難以還擊的程度。

讓我們描繪一下，當害怕消逝的感覺席捲心頭，我們拼死拼活都要追求永恆與安全感時——換句話說，當地心吸引力有所偏倚時，會出現什麼情況？

一般而言，他會希望一切保持原狀，所有讓他聯想到消逝的東西都要避免，他因此周而復始地尋找一模一樣的東西，在人群中重新發現相似的人，甚且重行製造出這樣的人物。一絲一毫的變化對他都是一種干擾，他會坐立不安，感到害怕。所以，他試著阻止、攔下或者限制改變，如果可以的話，他將出面干涉並起而反抗。他抗拒新鮮的事物，只要是新的，對他來說就像西西弗斯的苦役⑥，因為生活總是處於湍急的河流之中，一切人事物向前行進，「都在流動」，始終有東西被產生，然後消逝，不可能停在原地。

這樣的嘗試究竟看起來如何？意見、經歷、觀點、規範與習慣應該像鐵鑄似的，變成永遠有效的原則，無可爭議的規矩，「永遠的法律」。新奇的經驗他避之唯恐不及，迴避不了的時候只好加以曲解，想辦法把它扭曲成他熟稔的經驗。有意無意之間，這個人變得不誠實，略過細節，假裝自己誤解了，要不就激昂地予以拒絕，而他拒絕的理由往往破綻百出，隱約透露他不夠客觀，只是試圖挽救自己堅持不可動搖的觀點。科學史上的例子不勝枚舉，爭相辯論自己「有理」，其實根本沒有意義。

他這般依賴熟悉、習慣的東西，面對新鮮事物時當然就心存偏見，他認為自己應該免於驚喜、不習慣以及陌生感，唯有如此才不會陷入危險，接納未經檢驗的東西；另一種更大的危險也被躲過了，面臨新奇他態度忸怩，所有隨之而來的發展——包括他自己的——緊急煞車、阻撓，有時候甚至被破壞了。

對安全感的需求排山倒海般強烈，是強迫人格者的根本問題，小心、謹慎、長遠的目標，對永恆抱持的態度，都與此有關。單從害怕這一層來看，我們可以說他害怕風險、改

---

⑥譯註：指徒勞無功、白費力氣的生活。西西弗斯是希臘傳說中的暴君，死後在地獄裡被宙斯處罰推石上山，當石頭推至山頂時又滾下，於是重新再推，如此循環不息。

變與消逝。這有點兒像要學會游泳才肯下水的人——其實一輩子都不下水，這樣的行為模式和想法將產生不少麻煩，使自己變得怪里怪氣。

一位三十多歲的男人擁有豐富的藏書，但他總是到圖書館借書，不看自己的書，理由是說不定那一天他會被調到一個沒有圖書館的地方——如果他現在就把自己的藏書都閱讀完畢，到了那時候如何是好？

他的謹慎與害怕已到了荒唐的程度。

有些人的強迫人格是，有滿滿一櫃子的衣服，穿來穿去卻老是那幾件舊衣服，因為他想有「存貨」；如果非要穿上新衣服不可，他會心疼——寧可讓衣服老舊不堪，任由蟲子蛀蝕，但一次也不穿。換穿新裝意味著時間消逝，要用到這些衣物，以便目睹衣物的結局，會結束的東西使他想到消逝，特別讓他想到死亡。

每一個人都有這一類的恐懼，也同樣懷著永恆與不死的期望，我們都在尋覓長長久久的東西，如果重新發現一個曾經被我們丟棄的寶貝時，那種滿足是無以復加的。難怪有人喜歡收集東西：無論郵票、錢幣或瓷器，潛在的動機都一樣，那是一小塊永恆不變的保證，但收藏的東西不可能完滿，總是缺了下一件。有人在發明中搜尋長久與永恆，以便延長生命，或許癡心發明不消耗能量卻永遠運轉的機器；有人視自己的看法與理論乃古今通用，有效期間無限長，彷彿超越了時間的限制。墨守成規，不得不改變時覺得很困擾，此時就可以看出此人對永恆的嚮往。

沿襲傳統，與害怕改變和消逝是一樣的，家庭、社會、政治、科學以及宗教的傳統，都趨向教條化、保守主義，成為原則、偏見以及各種形式的狂熱與盲從。愈是不容轉變，人與人之間的包容力就更少。我們從平日熟習、相信、知道的東西得到一種安全感，一旦有新的觀點和發展介入，形成對照比較，原來的事物也許失真，或許是個錯誤，我們因此必須有所改變；這是隱藏在背後的恐懼。一個人的眼界與生存空間愈狹小，愈是要維持不變的格局，那麼他就會擔憂，新發展會奪走他的安全感。

愈是努力緊抓著舊事物不放，愈顯現我們害怕消逝與流失，愈是抵死反抗新發展，出手時的力量就愈見粗暴，看看世代之間的爭鬥就知道了：中老年人堅守固有的東西，年輕人則拼命抵抗，甚至被逼得走向極端。

恪守傳統和價值觀當然具有正面意義，我們應該找出原則和方法，唯有如此才能尋獲跨越時間藩離的準則。強迫人格者不是失之太過，就是失之能力不足，或者沒有做好接受新方針的準備，所以反抗已經在進行的變革，不願學習，也不願修正原有的經驗，但這些戲碼不斷在上演。他們全心全意保持事物不變的同時，心中懷著畏懼，害怕變革，他試圖讓生活規格化，對於所有新的、不熟悉、使他不安的東西，一概予以峻拒。因為他強制自己做這一切，最後把自己的人都扭轉成強迫人格。

於是，每一種習慣、教條以及狂熱主義，背後都潛藏著害怕變革，害怕消逝，最後怕的是死亡。強迫人格者最不能忍受的是別人奪走他的權力，擊垮他的意志，不聽命於他。他將盡全力驅使一切事物按照他的意思進行。但是生活中總有些不順遂，就像射飛鏢一樣，他愈是堅持，事情往往不如所願：不願面對既成事實，除非經他本人決定，否則拒絕讓某些事情發生，他只會不斷強迫自己，最後他必須接受一個事實，那就是事情照樣進行，而他的意志消失殆盡。意欲強制定下所有人事物規章的人，變成了強迫人格，我們從中觀察到他的生命力失去平衡，走向偏狹。

強迫人格者很難接受人生沒有絕對的東西，沒有不變的原則，也沒有一定可以預知結果的事情。他認為所有事物應該通通屬於一個系統，看不出任何破綻，並且他必須掌握一切，對自然的變化他粗暴以待——尼采曾經說過，意志和系統中藏著虛偽——對極了，因為這表示我們硬生生把生命的豐富多采簡單化了。

人與人相處就會出現類似強迫的行為，我們在有意無意之中，要求別人按照我們的意思做，尤其是與伴侶、依賴我們的人及小孩相處時，情況更是明顯。前文提過，代溝所造成的衝突，在他們身上特別嚴重，新的、不習慣的、不尋常的一概拒絕接受，否則就壓制，結果只證明了自己的想法荒唐，他們心懷畏懼的反作用力徒然激起對方叛變與革命，然而他們卻不惜與對方奮戰到底，青少年則對他們的偏執嗤之以鼻。這裡面蘊含了一幕人性的悲劇，這個悲劇我們無法避免，但絕非無法解決，只要我們做好接受且瞭解新事物的準備，問題就會迎刃而解。

這一類的人懷憂喪志，擔心自己稍稍鬆懈，頃刻間一切將變得不可捉摸，混亂非常，非我族類開啟了大門，他只好讓步，或者在缺乏固有的自我以及外來的控制下，任這些新事物隨意發展。他們片刻不安，以為自己一旦開放，內心或外在的壓抑，那些沒有按照他們意思進行的事物，會在瞬間氾濫成災——他們很像預知被他們砍死的九頭蛇會再長出兩個頭來的大力士。所以，「第一步」對他們很言很恐怖，一旦踏了出去，無法預知的情況就會傾巢而出，他們也因此希望擁有更多的權力、知識與技巧，好在不期待、無法預知的事情「發生」時有個對策，他們的座右銘是「如果……就」：如果我這樣或那樣做，就會如何。他們逐漸變成了「乾游的習泳者」，在重重的保護和準備措施之下，不必下水。

一位病人被請到沙發那兒，放鬆自己，看看此時此刻有那些事情浮上心頭，他怒氣沖沖地說：「說來說去還不就是那些狗屎」——看得出來他很激動，心中壓抑頗多，平常不斷克制自己。保護自己免於忍受不喜歡的東西，是強迫人格者最重要的生活原則，悉心維護他自己發明的事物，讓我們舉一些例子：

猶豫、遲疑與懷疑，以便使自己脫離不斷向前流的河水，一位強迫人格者寫了一封信，信中很猶豫要不要到我這兒接受心理治療，或者去療養：

「非常謝謝您寄來的信！您的信讓我進退維谷，我不知道第一次與您談話時，有沒有告訴您我有很難做出決定的神經官能症？大概稍微提了一下而已。

我剛寫了一封信給X溫泉療養地，對方給我的答覆是好與不好的混合體，也就是說，我必須在七月十五日以信件的方式，告訴他們我的決定。在這當兒，我又收到了您同意我接受心理治療的通知。從此我擺盪於兩難之間，這情況真是討厭極了。假設我決定去X溫泉，屆時一定已經額滿了；要做出決定其實不難：我根本沒有足夠的旅費到慕尼黑去，我計算著必要的開銷，但錢就是不夠。所以無法成行。然後我又想到，溫泉療養對我有多重要、多迫切，想像它可以改善我長年的毛病，對我的身體總有益處，並且對我的諸多煩惱有正面的效益。

我在慕尼黑還沒有找到下榻之處，去X溫泉的話大概又——每天搭車（去慕尼黑）會不會很麻煩？這一切絕不能重蹈覆轍。一想到不知道車子駛向何方的茫茫然，我不由得害怕緊張起來。看起來不會像是戰爭即將爆發吧！

想必我的猶豫不決讓您感到驚訝，不過您是心理分析師！而且您曉得，我就是這副德性，活該如此，也因為下不了決心，至今未婚。現在談這個為時已晚！這次的旅行大概會有同樣的結果，最後我什麼都不做。去慕尼黑要花錢，讓我害怕，這是事實。難道我們不該先存夠了錢，再好整以暇的上路嗎？明年五月及六月的時候，我一定可以辦得到。之前我們公司發兩次半薪，現在已恢復常態了。

我想就去X溫泉好了，雖然我想去慕尼黑想得要命，但又想等到經濟好轉，無憂無慮時再說吧！如果他們現在通知我，訂位不能保留太久，那麼我也許決定去慕尼黑。為了這可能會發生的狀況，我很想知道是否可以付九月十五日的諮商費用，另外，八月七日以及九月七日能不能接受您的心理治療？

這件事可真麻煩!!……此時此刻我寫這封信，心想一定要儘快作心理分析，但是，事情很難改變。

又及：我下不了決定，做決定讓我覺得痛苦，看看X溫泉是否還有空位，我也想知道，九月七日時您是否看診，而我能否九月十五日才付錢？或許我會拍一封電報。」

（他果真拍了電報，決定做心理分析。）

從這封信可以想像，猶豫不決、無法作決定有多麼折磨人，作重大決定又比日常瑣事來得麻煩，我們也看得出來，這樣的人在決定某事的時候，一轉眼就被外在的小事給轉移了方向——數著夾克上有幾個釦子就讓他分了心，不然他就擲骰子決定等等；待會兒我們再討論不願自行負責所引發的恐懼。

再舉一個說明強迫人格者無法自由自在生活的例子，一位病人在治療時敘述了一個夢境，然後接著說：

「解析夢境到底有沒有意義呢？所有的事情還不都是比較出來的，我們可以添加素材，或讀出其中蘊涵的意思——誰說我當下的想法是正確的？也許我在敘述一個夢境時做了若干更動，也有可能我根本記不清楚了？這難道不可疑嗎？夢就像泡沫一樣，研究起來缺乏科學根據，弗洛伊德與榮格所寫與夢相關的論文彼此南轅北轍，解析起來也各說各話。顯而易見其中沒啥好加以研究的。當下浮上心頭的想法?!會有什麼浮上我的心頭……簡直沒辦法控制嘛……只會讓人更加莫名其妙……何況我什麼也想不起來……」。

不難看出，他保護自己，用理智冷靜把自己與經驗分開，他不想與那些經驗有關聯；他害怕自己失控——做治療時當然不是要用科學的方法來探討夢境，自由自在地隨想即可。有些人會認為，這位病人對解析夢境所抱持的懷疑態度不無道理——不容忽略的是，病人其實藉此迴避，而且他的懷疑並不僅限於做夢——所有讓他「不安」的事情他都怕，都會極力避免。

許多強迫人格者會基於保護自己之類的理由，把自己隱藏起來，有一個笑話很貼切：有一個人來到天堂，他看到兩扇門上不同的文字，「通往天堂之門」及「通往關於天堂講座之門」——他選擇走第二扇門。

被我們壓抑的東西必定會浮出水面，這是我們的心性；內心的壓力會上升，強迫人格者需要更多的時間與力氣，把壓抑的情感視為一樣東西，於是形成惡性循環，只有當他也接納壓抑的情感的「另一面」，與之辯論，才算解決了問題。唯有如此，他才能將迴避的、懼怕的東西內化，或許懷著三分驚訝經歷這一切，甚至在其中得到助力，才能對別人說那些夢全都「沒有意義」。

一位「像鐵一般堅定」的人有這樣的想法，會是多麼狹隘、固執又缺乏包容力，如果他把這一類的絕對與條件強加到生活上的話，生活有多枯燥。過這種生活的人只明白一點，那就是他希望所做所為都「正確無誤」（就像那位一定要找出「正確」想法的病人一樣，徒然把自由隨想弄擰了），但他不知道隱藏於背後的是他害怕風險。

所有的事情都得依照原則進行，再靈活的規範也會變得死板，甚至變得無可救藥的僵化，譬如由節儉變成了吝嗇，從擇善固執變成了不可理喻、專制殘暴。生活圓滿與否，單靠這些僵硬的規則是不夠的，所以他心中的恐懼仍然存在，於是發展出強迫症候以及強迫行為。這些都與害怕有關，逐漸化為己有，深植於內心，是「它」強迫他，即使它毫無意義，他也沒辦法擺脱。洗滌、冥思、數數兒和一再回憶某個片段，都屬於強迫行為，若能試圖擺脱或戒掉這些行為，心中的恐懼也將隨之被釋放出來。

雖然強迫症有許多種，追根究柢不外乎他不敢自動自發地做一件事，總是因為某些事物太新穎、沒看過、沒保障、被禁止，是一種誘惑、偏離日常習慣，形成了強迫人格。如果每一件事都如他所願：桌上的東西井然有序；對某事的看法堅定不移；僵化的道德批判；無懈可擊的理論；不可動搖的絕對信仰——時間彷彿靜止不動了。所有的事物必須可預測，世界一點兒也不改變，生活中只見周而復始的重複——原本活潑的韻律變成了一成不變的單調。某些行為中的確有偉大的成分，但那種偉大畢竟悲哀，因為他必須強迫自己這麼做、那麼做，缺乏彈性，不可能放縱自己大膽行事，不幸也就隨著產生了。他以為非做到不可、非相信不可的東西，一旦失去了內蘊的絕對的權威，也會釀成悲劇。

舉一個簡單的例子來描繪強迫行為——與生活中悲劇與喜劇經常併行一樣：有一個人試著讓房間保持一塵不染——一齣悲喜交加的戲於是開鑼了，一方面要極力阻擋灰塵進來，另一方面又要時間裹足不前，簡直就是往漏水的桶子裡添水。房間內的東西蒙上了灰，他得大事清洗，抹灰變成了一種強迫行為，他只是把灰塵挪動了一下，問題並沒有解決。他拼命經營一個無塵的空間，說穿了就是道德上的問心無愧，同時，他心裡明白人很容易受到魔鬼誘惑的。他把真正的問題轉移到瑣事上頭，造成強迫行為；如果我們真的與自己的問題攤牌的話，不會引起強迫行為。如果我們對某件微不足道的事情吹毛求疵，就應該自問到底在想什麼，或希望從中達到何種目的。

魏希爾（F. Th. Vischer）在他的小說《也有一個》（*Auch einer*）中，用幽默的筆調敘述強迫人格的問題。書中的主人翁馬不停蹄地與「陰險的東西」奮戰，他經常因為突如其來的激動或發脾氣而吃敗仗，他把失敗歸咎於不明的陰謀詭計，再把這些假想敵塞進鞋子裡。當他「一不小心」把醬汁灑在他討厭的女同學的衣服上時，正是假想敵的陰謀在搞鬼，他不願正視他對這位女同學的厭惡與惱怒。弗洛伊德的理論中常可找到這類失誤的例子：失言、忘記、「不小心」撞到某人等等——一不注意，被壓抑的東西就都跳出來，錯不在他，而他也無從察覺自己的壓抑；這些意外之所以發生，稍不留神就溜了出來，其實就洩露了他們亟欲隱藏的壓抑。

強迫症患者嚴重的話，會盡一切力量來實踐生活，形成陰森恐怖的性格，用魔鬼般的力量安排自己的生活。不難想像，在心理學不甚發達的古老時代，這類非做不可的強迫行為，即便知道其中並無多少意義，仍然被視為被鬼附身，或者被視為瘋子。強迫症患者以為有外力介入，連他都認不清自己，只好任憑擺佈。

每一種強迫症都會有自創——與一般肉體上的不適做比較——病灶的傾向，而且很快就煞有其事，還會波及一向健康的部位，患者的生活變得愈來愈受拘束，充斥著強迫行為，這些留待後文再敘述。

上文提及的由內心反映出來，盤旋在心中的壞點子、不恰當的願望和衝動使患者誠惶誠恐，十分掙扎，認為非把這些念頭壓抑下去不可。他將花費許多時間與精力與之苦戰，如果他假裝自己擁有足以對付的法子的話，多多少少可以達到目的，每當那些不堪、充滿罪愆、骯髒的想法或願望突然冒出來，威脅著他，而他必須加以抵抗的時候，最好是口袋裡已經放了對策。嘴上唸一些神奇的咒語（「耶穌——瑪麗亞——約瑟夫」），或許他有必要立刻採取行動，譬如驅感意識中不當的東西，情況嚴重時，這會導向患者懲罰自己，狂熱教徒的某些作法即為一例——想想那些鞭笞自己身體、自虐的教徒。這些強迫行為的「病灶」很快的擴張勢力，一定要避免：乍聽之下無害的言語、類似的聯想或概念，像基督教義入門的漫畫，數數兒的時候，因為「六」這個數字的語音會讓人想到禁忌的性事，只好唸成「一、二、三、四、五、啐、七」。這種症狀和盡全力保持房間一塵不染一樣，使我們憶起拉丁諺語：「大自然與生命毋須矯情，也不容壓抑，總是存在著。」

下面要舉的這個例子足以告訴我們，有意抗拒某些事物時，矯情與壓抑會變成另類的狡猾：

一位強迫人格的女病患必須不斷清洗自己，下意識的要洗刷掉她「不潔的」性衝動，她覺得自己自慰的行為充滿了罪惡，所以得清洗生殖器官——密集頻繁的沖刷自己的「罪惡」，伴隨清洗動作而來的是禁忌的快感，達到高潮，因此獲得了滿足——但這「非」她所願，也就不必有罪惡感，因為她很清楚自己是希望保持貞潔的。

性被基督與天主兩大教派譴責，性使人心懷罪惡——很遺憾的時至今日有時也如此——因此導致神經官能症，許多年輕人，處於青春期的人尤為嚴重，對自己的身體有敵意，害怕，有罪惡感。他們不認為所謂的原始其實是他們的本能，是青少年發育階段不可或缺的質素，應該可以在課堂上或社團聚會或小組談話時提出心中的疑問。相反地，青少年花了很多時間在接受堅信禮的準備課程上，這些課程的內容排滿了唱詩歌和教義問答，巧妙地迴避了這些「尷尬」的問題。幸好青少年還可以互相討論彼此的疑慮。幾十年前，心理諮商還没有蔚為風氣的時候，信仰導致人們對自己的身體有敵意，引發災難性的後果，往往就是從自慰開始的，人們被告誡自慰有害於身體與心靈，於是陷入坐立不安的惶恐之中，罪惡感如影隨形，當他們幾經努力卻無法抑止這個「罪行」時，不少青少年因此走上自殺之途。

強迫人格的感情世界

不理性的、衝破界限、超越感官直覺的愛情，不斷上升的熾烈熱情充滿了危險，只會使強迫人格者惴惴不安，在愛情的領域裡，他自己的規律派不上用場，束手無策，意志力蕩然無存，彷彿驟然罹患重病，使他失去了理智。這些都與強迫人格者所需要的安全感與權勢感大相逕庭。

具有強迫性格的人努力嘗試把情感置於「手掌心」，使之處於自己能控制的情況。他們覺得感情根本不可靠，過於主觀、搖擺不定，又容易消逝。熾熱的情感更不可信，飄忽無常且不理性，愛上一個人等於暴露了自己的弱點。因此，他們在付出感情時十分慳吝，不輕易流露感情，也不太願意體諒伴侶，這種只重事情的態度，使得他們在某些情感關係中，表現出異於常人的冷靜與清醒。

他們如果願意在兩性關係中負起責任，一定是他們心中已有定論。他們很不情願讓伴侶與他們平起平坐，比較傾向於一種垂直的關係：非上即下，鎚子或砧板，「不是……就是」對他們而言再重要不過——問題是誰喜歡當砧板呢？感情關係變成了一場爭取優勢的權力鬥爭。憂鬱人格者因害怕失去伴侶而萬般依賴對方，強迫人格者卻出於權力欲，要根據自己的需要捏塑伴侶，所以，他不容許伴侶脫離他捏塑的模型，把伴侶視為自己擁有的一件財產，必須按照他的意思行事。強迫人格者要求他的伴侶全力配合，完全順從，對方若不肯的話，關係就無法維持。從另一方面來看，他能承擔別人難以承擔的，耐力又超強，這是他的宿命；而他們之所以忠實，是出於經濟的考量。基於這些理智的理由，物質上及安全感的需要，他們願意飾演不無重要的配角。在他深入一段感情之前，常常要天人交戰好長一段時間，譬如訂婚很久了，婚期卻一再拖延。一旦痛下決心，這段感情看起來卻好像解決不了——可能是宗教方面的原因，或者基於倫理上的大道理，也有的時候只因他不想放棄，要不就是他正打算放棄這段感情。

一位婦女問她的丈夫，為什麼不同意離婚，她老早就說過了要離婚，況且他也覺得他倆的婚姻令人無法忍受，他的回答是：「因為我們已經結婚了」，好像真有個婚姻有效時期等著他們維護似的。他說這話的時候，既非基於宗教觀，也不是因為體諒妻子，而是他的確已經結過婚了。

習慣及掌握權力決定他的態度，除此之外，他寧可死守著這個婚姻不放，也不願重新去冒險。這種人的婚姻，雙方仇視，互相折磨，把殘餘的感情通通消耗掉，都在期待對方早日升天。

強迫性格愈是嚴重，患者的婚姻就如法庭上的針鋒相對，權利與義務涇渭分明，形式上的東西被賦予太多的價值，他將反覆援引，只要不超出理智的範圍內，倒也過得去。但是，如果他想用形式上的東西取代感情的話，就有可能是試闖常規的關，在細膩的感情與權力欲的掩護之下，扭曲變形成了性虐待。

> 一位婚姻出狀況的婦人去找律師，請他為她撰寫一份合約。合約中載明了性生活的頻律，每次行房時臥室的溫度；合約上還禁止她的丈夫在臥室內抽煙，寫得清清楚楚，觸犯或未遵守這些規定時應該罰多少錢。假使她的丈夫在合約上簽字，她就願意與他維持婚姻關係。她堅信這些建議合情合理，唯有這麼做，婚姻才能繼續。

她一一列出條件，卻沒有認真面對問題：她拋開了感情，只是強迫寫下自己嚴苛的要求。

遇到緊急關頭或需要溝通討論的時候，強迫人格者往往很不理智；即使他知道自己站不住腳，卻還是不肯讓步。他把自己與過去牢牢地黏起來，數落伴侶的不是，舉證歷歷，以前做錯了什麼，現在明知故犯，犯錯的頻繁程度等等。說不通時，他的想法通常很古怪，不曉得要糾正自己——上一段的例子即是。不太相信感情的他，提出他自以為良好的建議，訂下規矩，要伴侶和自己遵守。如果他的妻子抱怨星期天他只專注於郵票或手工藝，而她無聊得要命，希望兩個人共同做一些事的話，他會妥協，然後提議一週沉浸在自己的興趣之中，一週則與妻子共處。他遵守這個計畫——從中認知自己的奉獻與辛勞，但這些都是他一廂情願，產生的結果也是錯的，因為他自以為仁至義盡，負了該負的責任。雖然他賣力演出，妻子仍然察覺他心不在焉，因此很不滿意，對他提出更多的要求，他驚訝萬分，而且十分惱火，再也不履行出遊的義務了。

這個例子適用於許多強迫人格者類似的行為，看他們如何設法解決與伴侶之間的問題，但是伴侶卻根本沒有得到他想要的東西：日常生活中的樂趣、自發性的行為、情感流露、變化以及輕鬆寫意。強迫人格者面對這些「苛求」——冷淡、克制的他不得不這樣想——他的伴侶對感情簡直需索無度，於是兩個人過著沒有交集的日子，問題像邋鞦韆一樣愈盪愈高。

強迫人格者與伴侶相處，時間、金錢、守時與節儉都很重要，因為權力的角力、一成不變以及頑強，都在這幾項之中被凸顯出來。食物必須「分秒不差」的端上桌，家用要分類詳細並且計算得「分文不差」，做丈夫的必須把他的薪水悉數帶回家，只分到一點兒零用錢等等。若要添購什麼必需品，可以演變為一場悲劇；無止盡的討論是否真的需要那樣東西，伴侶是否浪費無度，使用東西時粗手粗腳，所以才「又」要買新東西了？這樣的婚姻中，金錢常是引爆危機的導火線。

父權制度之下，佔盡上風的男人其實是靠著妻子的犧牲，才保住婚姻，單單看「夫妻義務」這一項，在性行為上妻子所受到的屈辱，如何貶低自己，就是一個例子。下一章討論歇斯底里人格時，我們將會看到一位妻子的報復行動。父權制度之下，婚姻形同生活常規，掌握在男人手裡，剝奪了妻子的行為能力，對待她就像對待一個長不大的小孩，使她處於完全依賴的狀態。

對一個嚴重的強迫症患者而言，伴侶的「功能」再重要也不過，守時、精確、值得信賴、不出狀況，如同一架上好油的機器，沒有自己的願望，甚至沒有任何情感上的要求。他不和伴侶有情感上的互動，不給對方什麼也不期待得到什麼，兩人之間只存在著條件與規定，而且都是他要伴侶遵守的。我們可以想像，這樣的婚姻按照計畫進行，多麼冷冰冰，就連性生活都和火車時刻表一樣刻板，比較像是履行義務，沒有情愫，更無情調——只不過「時候到了」，夫妻倆才交合。

對性的態度，一如其他的生活樂趣及享受，會隨著強迫人格的嚴重程度而加劇，前文已提到，性生活經常也屬於「列入計畫」之事，情愛生活中，性愛被敵視，氣氛冷靜理智，完全沒有熱情。第一次邂逅異性就不太妙——他估量起新婚之夜經常發生的尷尬與災難。他對伴侶不夠體貼，對性愛缺乏幻想，於是感情生活就像已經上路的車子，繼續朝錯誤的方向駛去。強迫人格者的性時常帶著虐待的色彩，他希望強迫伴侶，親密關係中混雜著權力欲望。

伴隨著性而產生的羞恥和罪惡感，可以讓親密關係變形，折磨人、不愉快、不帶任何幻想的，只能依照特定的模式，在訂定好的條件之下才能進行。情況惡化時，患者必須靠著長時間懷疑、厭惡感來武裝自己，做為自己應付這些「禁忌」行為的屏障，下面是一個關於這類疑慮與保持理性的例子：

一位年輕的男子認識了一個女孩，他非常喜歡對方。第一次在家中看到她之後，他開始陷入苦思：「我們的關係（八字都還沒一撇）會有什麼結果呢？那女孩來自一個怎麼樣的家庭？她會不會已經和許多男人交往過？身體好嗎？她對愛情的看法為何？萬一她懷孕了怎麼辦？我會不會被她傳染什麼病呀？她的嘴唇好性感——天知道她是否跟每個男人上床？還有，我幹嘛要和她交往呢？誰能保證我不會敗興而歸？沒有一點是有利的……我還年輕，需要現在就定下來了嗎？（這裡又離題了）」。

我們看到他非比尋常的謹慎、自我保護，他必須先排除所有預見的壞事，運用他細如髮絲的理智，這樣他就不必下決定，或是採取行動，也就不會冒任何風險了。這位年輕人還有其他的強迫人格，比如說他過去幾學期中常常思索一個問題，不知道參加畢業考的時候應該打那一條領帶，然後他又把領帶放回衣櫃。他飽受強迫回憶之苦：與某一個人交往過一段時間之後，他必須重返記憶的現場，去想自己以及別人說過那些話，有沒有說過讓人感到難堪的話，別人的言談之中是否有針對他而發出的絃外之音？他得花上數小時之久，重新建構這些談話。這是過度小心的徵候，尤其是無法隨興自主。

強迫人格者追求成就的欲望常常表現在性上，性關係意味著他的能力、生殖能力，伴侶就變成了他證明自己能力的一個物品。在強迫人格者的身上不難發現，他們對性與金錢的看法很一致：他們希望別人知道他們有「潛能」；基於害怕的原因，能付出的潛能十分有限，必須好好分配，免得浪費了他們的「彈藥」——用錢的態度也出於一轍。

肉體歡愛的關係之於他們極其脆弱敏感，受制於某些特定的條件：聲響、氣味、燈光、沒關緊的門，以及各式各樣外在的因素，都對他們造成干擾，失了興致或造成陽痿。有些患者在性活動之前得花很長的時間洗澡，對即將發生的親密關係興奮不已；另一種情形是他們藉口必須先完成某些「義務」，來排除興奮的情緒，先整理房間啦，或者先把某件事做好。他們也喜歡拿疲倦、工作過度做護身符，這一類的藉口俯拾即是，伴侶很容易被矇過去。要他們大方享受身體的歡愉比較困難，如果他們堅持伴侶充其量是他們的財產的話，會變得醋勁兒十足，凸顯權力爭奪戰的問題：伴侶不應該奪走他們的權力。一旦他們的伴侶試著用性來操控他，他們會變得更加纏人，藉此保護自己，結果情況只會愈來愈糟。貞操帶恐怕就是某位強迫人格者發明的。

強迫人格者往往把愛與性、柔情與感官分得一清二楚，因為他們不期待從所愛的人那兒得到他們想要的，又只能把這些渴望轉到不愛的人那兒，性之於他們齷齪無比，就是沒辦法與一位他們心愛的女人一起擁有——對方將受到屈辱。強迫人格者中不乏深深迷戀某位女士，卻找妓女上床的例子。

只有輕微強迫人格的人通常不是感情熾熱的情人，但對自己的感情很忠誠也很可靠，他們的熱情始終保持一定的溫度，伴侶會覺得挺安全，油然升起責無旁貸守著他、照顧他的感情。婚姻生活中，他們是未雨綢繆的伴侶，他們的家庭很像一個「有治療性質」的團隊，屬於正面意義，家人彼此尊重、喜歡、有責任感。

強迫人格的侵略性

強迫人格者在面對自己的憤怒和激動時也有一些麻煩，他太早就學會了控制自己的情緒，觀察他的生活，我們知道，他們對於自己生氣、懷有恨意、固執己見和充滿敵意時，脫口而出的話，感到十分害怕，早在童年時期他們就知道要壓抑這些情緒，要不然就要被罰或是不受寵愛了。但生活中不可能完全排除這些情緒——怎麼辦呢？他的本我發展得比憂鬱人格者來得強一些，孩提時代的他不曾經歷失去的恐懼，毋須隱藏自己的情緒，但因為害怕受罰而禁止自己表達憤怒。讓我們一起來看看，在經過這些之後，當他處於這種情況時會如何。

最常見的是，他極端小心的與自己激動與憤怒的情緒相處，猶豫不決該不該告訴別人他很惱火，同時也很懷疑這樣做的後果。萬一他真的發洩怒氣，事後往往試著滅火，輕描淡寫，要不就收回或撤銷才說出口的話，下面是一個例子：

一位病患在一次治療時數落妻子的不是，事實上他有充分的理由生氣，但他的聲勢立刻弱了下來，說：「我當然有點兒誇大其辭，也不是真的這麼想，只不過講得比較詳細，請您千萬別誤會，不然您對我的印象可就有些出入了——我和我太太其實處得還不錯。」

看得出來，一旦說出負面的話，他自己就先嚇了一跳，滿心的不安；有的時候，這種減少砲火的傾向會轉變為求和或者懲罰自己。

尋求解決衝突的辦法時，強迫人格者會把自己訓練成頗有理想，那就是三緘其口。靠著克己的理想，他讓激動的情緒徹底消失：表達怒氣意味著隨它去，無法掌控自己，他認為這種行為太不高尚。一個人若能控制自己的情緒未嘗不好，但假如他苛求自己把不滿通通關閉起來，所暗藏的危機將是內心積累的灰塵愈來愈多，他要控制自己的時刻隨之增加，免得哪一天崩潰了。一位婦人的強迫徵候就是這樣發展出來的，她從來沒有把對丈夫的憎惡說出來，卻變得害怕刀子和尖銳的器物，一看到就得馬上拿開——如果她能夠讓眼光停駐在那些東西上的話，也許會解決被壓抑的憤恨，但沒有人曉得她是否辦得到。假使她與丈夫攤牌，她胸中的怒火也許就不會這麼恐怖，這都是日積月累的結果。

強迫人格者處理進退維谷窘境的另一種方式是，把自己的憤怒合理化，不僅允許自己暢所欲言，還賦予它價值——某些時候這倒也無可厚非。然後，他對所有他自行禁止的行為宣戰，所到之處無不犯規觸法。正因為如此，狂熱分子才會無情、絕不妥協、不顧一切的反抗那些衛生的、本能的、道德的或宗教方面的事情。他們的憤怒並不像憂鬱人格那樣衝著自己來，而是針對外在的人或事而發；而且他們自認理由充分，雖千萬人吾往矣，良心平靜得很。不難想像這有多危險，如果一個人正為自己的怒火尋找出氣口，想必得來全不費工夫，何況他以為自己有理。這樣下去，他們的怒火一發不可收拾，還以為自己的出發點十分神聖——這我們從基督教的理想主義可以得到印證。

為什麼會怒火中燒，大多與牴觸了某些規範有關聯，而且這些規範還意味著價值或重要性，這時，平常人與強迫人格者實在難分軒輊。假設強迫人格者把他的不滿染上理想主義的色彩，形成一種集體的意識，整個情況會變得很棘手，第三帝國時期迫害猶太人，戰爭中殲滅敵人的殘酷手段，甚至有教會推波助瀾，就是最好的例證。

比較溫和的「合理化」的憤怒是吹毛求疵，這是壓抑怒火的同時，最常見的表達怒火的方式——只是強迫人格者並未意識到他必須整飭自己的不滿。用吹毛求疵乃至於性虐待，來轉移激動的情緒，這一類的例子不勝枚舉：還有人在排隊，而他動一下手指頭就能辦好那人的事，卻仍然分秒不差關上窗口的公務員；在無關緊要的標點符號上操刀，對無可厚非的小錯斤斤計較的老師；一定要學生一字不差說出他心中既定的答案，才讓對方得分的考官；拘泥於法律條文，犯罪就是犯罪，忽視犯罪動機的法官——我們還可以舉出更多對等的例子。這些人都用表面看來合理的方式，雞蛋裡挑骨頭發洩心中的不平，濫用權力，偽裝自己的行為是有原則，正確無誤，箇中還蘊涵某些價值。這正是強迫人格者的可怕之處，因為他們賦予自己的行為某些價值，難以識破的是，他這麼做只是為了自己。不可否認，凡事都有個規矩——但應該靈活有度，絕非只是個無轉圜餘地的死規矩；道德風尚的確有其價值——但絕不是吃人的禮教。

討論到這兒，我們可以直接進入稱之為馴養，軍事上稱為訓練的題目。我們已經知道，強迫人格者的憤怒表現在守規矩和原則上，喜歡說「根據某一條規則……」，實則與他們的權力欲緊密相連。所以，要證明他們怒火中燒並不容易，他們會變得超凡入聖，隱姓埋名，把個人發脾氣的快感藏在後頭。

另一個強迫人格憤怒的特徵是與權力欲的結合，不像分裂人格者基於恐懼，對怒氣採取排拒、自我保護、不反應的態度，他卻是因為權力。強迫人格者的憤怒是為權力服務，而權力又為他的憤怒服役，因此我們看到職場上的強迫人格者一方面出讓權力，同時又假借規範、風紀、法律、權威等等名義，提供自己合法發洩怒氣的管道。不少從政的人或多或少有這種性格，這一點兒都不奇怪，軍隊裡、警界、公務員、法官、神職人員、教師以及檢察官中也不乏這樣的人物。這取決於個人的性格是否成熟，如何看待權力與憤怒。每個社會的種種規定及階級觀念，給予強迫人格者很多機會，隱身衣之後裝飾著美麗的原則，好讓他合法地發洩心中的怒與恨。家庭、學校和教會是小孩接受教育的初始環境，這些鍛鍊、馴養以及冷漠的教育方法，包括喚起學童的罪惡感，懲罰他們，滋養著日後形成強迫人格的土壤——這些下一章再深入討論。

要用文字來形容強迫人格者的憤怒的話，唯有狡猾這個詞，詭計多端又懦弱，憤怒的情緒被藏起來，在埋伏處出擊。幼年時因表達憤怒的情緒而受過重罰的人，不准公開表露自己的執拗與激動等等，只能偷偷地，而且是在事情過後——誠如字面上的意思「狡猾」，斗膽表示出來。這與陰險、狡詐、「披著羊皮的狼」只有毫釐的差別而已。

因為情緒向外擴張，激動憤怒而受到懲處的小孩，還會衍生另一種後果，他會以為自己身體的所感所受並不正常，他沒有學到與自己身體相處的正確方法，覺得這個軀殼「不屬於他」。要喜愛自己的身體，他必須要能自由操作，隨興致活動筋骨才辦得到；與此背道而馳，他必須小心翼翼不讓自己「撞到別人」⑦，於是乎，不僅他的手腳不聽使喚，舉手投足之間也極其不自在，十分笨拙，情況嚴重時會變成人們口中的闖禍精，做什麼都不對。這種人的憤怒就只能靠前文提到的失誤來表達了，他笨手笨腳、不靈活、到處闖禍，「出其不意」表露出他的不滿，似乎沒有心機。透過這些行為，他宣洩了心中的怒火和激動，「一個不小心」價值連城的花瓶從他手上滑落，他其實只是要澆點兒水罷了；或是一個踉蹌，就把立燈給撞倒了，等等。我們雖然生氣，但對於他惹出來的事卻沒輒——他很享受這種特殊待遇，而我們與他面對面的時候，也有某種程度慈悲為懷的優越感——他原本該為自己的粗手笨腳感到抱歉，報復手法可以到如此細膩的地步；偶爾，他還換取更多的勝利：我們不讓他做一丁點兒事，反正他總是瞎搞一通，於是他成功地擺脫掉那些惱人的工作。

附帶要提的是，伴隨時時刻刻全神貫注、超乎尋常的自我控制而來的，是疑神疑鬼的自我觀察，其實這就是他的憤怒情緒；然後他利用他的疑心病以及相關徵候來折磨身旁人，搗毀所有歡樂的氣氛；他似假還真的便秘問題可以成為全家人的災難。

我們可以再敘述兩種表達憤怒的管道，其中一種患者不自覺地宣洩心中壓抑的憤怒，

---

⑦譯註：引起別人的反感。

所以不覺愧疚：磨蹭、麻煩囉唆、猶豫不決、大張旗鼓折磨別人、增加別人的負擔——隱藏憤怒的精細方法。那些出門參加音樂會、觀賞戲劇之前，沒完沒了的梳妝，把伴侶逼得大動肝火的女性；或者對一些開天闢地以來的小事窮追不捨的男性，例如一位強迫症病患希望向我解釋為什麼他今天遲到了「快兩分鐘」（！）：「像往常一樣，我準時於傍晚六點一刻離開辦公室，踏著平日的步伐走向巴士站，巴士幾乎晚了三分鐘才到，但司機又追回了一分鐘。我就這樣帶著誤點下車，來到您這兒；我快步走，希望追回一點兒時間，但被一位問路的女士攔了下來，我當然得停下來告訴她那條街怎麼走——向她解釋費了一點兒力氣——到您診所的最後幾公尺我是用跑的。」——如果遲到兩分鐘真的值得大書特書的話，他大可一句話就交代完畢：「對不起，我來晚了。」另外也有一位病患來診所時，撳鈴時總是分秒不差——她認為這麼做足以證明自己堅不可摧的中立地位：來得太早，別人會以為她迫不及待，喜歡來就診，一分鐘都無法多等；若是來得晚，別人會以為她很沒禮貌，心懷不軌。態度保留，除非經過深思熟慮，絕對不輕易付出。強迫人格者把這個當成出氣管道，宣洩他們心中隱約的怒火。連微不足道的東西都要妻子懇求再三才勉強答應的丈夫，用死寂的沉默對待別人的人，都屬於這一類型。總而言之，強迫人格者漠視別人要求，比幹壞事的傾向來得強烈——漠視的言行事後很難求證。

與此相反的是咄咄逼人式的迫不急待，零距離，也就是俗語說的碎嘴子，喋喋不休，時間都花在講話上頭，一開口就不知道要停下來。最後要提的是抱怨，也是強迫人格表達憤怒的典型之一。

強迫人格者在表達激動的情緒時，如果處罰、良心不安和罪惡感對他都產生不了多大作用，以至於前文提及的出氣管道失靈了，就會出現身體上的不適，心臟、血液循環方面的問題（尤其是中風前兆的高血壓），全身痠痛，甚至引發偏頭疼、睡眠障礙、腸胃不適（腹痛），都是長期壓抑情緒和憤怒的結果。在他們的內心裡，表達憤怒的渴望不斷與不可以表達憤怒交戰不已，渴望擁有強迫別人的權力，同時又沒有做自己的勇氣，這些衝突始終得不到解答。心中的壓力日積月累，一旦崩解，他的行為會變得橫行無忌，火爆無比，想要摧毀一切。里爾克（Rilke）在他的小說《布麗格的畫像》（*Malte Laurids Brigge*）中，對這種人格有很生動的描寫。再舉一個因為壓抑導致身體不適的例子：

一位位居高位、身負重任，中規中矩又很克己的男子，與同事朋友保持著公事化以及中立的關係，不存在一絲一毫的感情色彩，情緒上也不起任何波瀾。從他身上嗅不出悲傷或高興，不發脾氣，也不會不耐煩——活在斯多葛禁欲主義中的他，沒有什麼可以使他勃然變色、暴跳起來。能夠掌控自己的情緒，無人能侵襲他的靈魂，始終高高在上，這讓他感到很自豪。以他的職位來說，總有生氣的時候，但是心中的火氣愈旺，基於他的威信與楷模形象，就愈是要壓下來，於是他的心跳加速、疼痛——顯而易見，武裝自己的結果是很不快活。當他在職場上遭遇許多不順，強敵環伺時，這些徵候變得更加嚴重，醫師說如果他還是無法放鬆心情、減少這些負擔的話，極有可能會心臟病發作——他的壓力並非來自工作，關鍵在於他非比尋常、極其不自然的自我克制，以及情緒沒有宣洩管道。

俾斯麥（Bismarck）每當胸中塊壘難消的時候，就會盡情啼哭到痙攣，然後啃地毯。那些從公務累積盛怒、礙於形象地位不容許自己宣洩的人，經常會演變為一齣齣悲劇。

這裡要再舉一個壓抑怒氣、屬於強迫人格特徵的例子：如果他把那些他不甚滿意的人美化一番，讓他們變得神聖不可侵犯，他就不會動怒了——很像幼年時學生與老師之間的關係——其實每個人心中多多少少扮演著兒子或女兒的角色；宗教上也一樣。

環境因素

我們現在要討論什麼因素和環境造就了強迫人格；機械式的動怒、性以及個性外向是主要原因，任性與獨立也同樣重要。一個動不動就大發脾氣、父母視為麻煩人物、常常要制止他的行為、教訓一番的小孩，比那些安靜乖巧的小孩容易有強迫人格。但是，溫煦、處處配合、容易妥協讓步的性情，有的時候也會造成強迫人格，因為這樣的孩子不允許自己自由的表達情緒，只是一味順從。有些人天生就愛苦思冥想，一絲不苟，對過眼雲煙有強烈的感情，不斷去追憶其中每一個細節與詳情，所有驚鴻一瞥的印象深深烙印在他心中，可以保存好長一段時間。我們又碰到了一樣的情況，沒辦法準確地說出，到底什麼樣的個性、環境因素或教育方式會形成強迫人格。我們永遠也找不到完美的解答——除非是把同一個小孩放在不同的環境裡成長，才能觀察出變化。可以確定的是，我們在研究環境造成的影響時，不該忽略患者的個性；以前的人把重點放在遺傳上，無視於環境因素。那些環境因素，對安全感以及永久持續的需求要多強烈、害怕人事物消逝或改變要到何種程度，才會形成強迫人格？

想要瞭解這些，我們就必須深入探討前文提及的，早期發展階段中的兩個質素。二到四歲期間，一個小孩開始學習什麼可以、什麼不可以；沒有人對他提出任何要求、無邪的幼小時光、短暫的天堂歲月，從此宣告結束。他第一次與所處的環境產生衝突，發覺自己的願望和衝動有所牴觸，他自己的意志也與教養他的人不一致。現在到了別人對他有所求的年齡，而他也有了一些自我的意識，有自己的堅持，想要自由走動，按照自己的意思說話，也就是他開始踏進這個世界了，希望有一些作為，而在先前的階段，所有他需要的東西都是別人為他準備好的。他愈來愈能夠——言語上亦同——表達願望和情緒，征服所處的空間，試著使用自己的力氣，嘗試用自己的意志反抗某些人事物。

完全依賴母親的時期已經過去，現在的他正處於脫離的階段，獨立自主的傾向日益強烈——他第一次說出「我」，表示他知道自己與母親是不同的兩個人，與母親共棲時他還沒有你我的觀念。他的能力與日俱增，身體由他主導，具有運動機能，有想要做些什麼的興趣，想向外發展，並且擁有自己的意志力。他在跌跌撞撞中見識到這些人生的題材，也經驗到周遭環境對他行為的反應，因此，他曉得自己的能耐，所擁有的權力，同時認知到事物的限度。在這個發展階段，他也學習到另一個重要的課題，那就是搞清楚什麼是可以做，或不可以做的，淺顯的區別好或壞。每個孩子都必須在自己的意志與不得不順從、貫徹到底與適應配合之間找到個人的解決辦法，他找到的方法往往又與他的性情、所處的環境都有關聯。

第一個和自己的意志與不得不順從有關的經驗，是行為模式中的清潔教育，從小孩如何學會養成清潔習慣，就可以看出他是否正常健康地管理自己，他的態度頑強，或者讓步順服：大人有沒有給他充裕的時間，讓他一步一步學會？不講理的時候，大人是強行訓練呢，還是很早就以強迫與處罰的方式逼他就範？這個小孩具備的能力日益增加，他有所需求、與世界互動、總想要做些什麼，這些都會使他與這個世界產生衝擊，讓他覺得困惑，以為自己「不乖、不聽話」。兩歲到四歲的階段，他開始有向外發展的衝動，形成自我意志；他所學習到的課題塑造出他的行為模式，個性也由此養成。

這個小孩何時、以怎麼樣的方式接觸可以、不可以的課題，格外重要，在他知道好壞的初始，大概就犯下了第一個「罪行」，現在，這些叫做「你應該」，「你不可以」，或「現在不可以」等等，他體驗到如果聽話就是乖，反抗的話就會被人說成不乖。太早或太晚讓他面臨這些情境、大人執行時是否過於僵化強硬、鬆懈或態度不堅定，就會造成他頑固、不順從；如果教導的方式充滿愛，他就會被導向出於自願完成任務——如何實行自己的意志，如何自主自在，這都是早期陶鑄出來的，並且形成他日後動力的雛型。這個孩子長大後，是否具有健康的自我意識、意志力以及勇於做自己，能否挺身反抗威權或乖順配合，都是在這個階段養成的，強迫人格亦同。

早期個人的意願與環境中的可以或不可以所產生的衝擊，都在孩子身上淺植自由或不自由的動力，他的道德良心，受環境條件影響、心理分析上稱之為「超我」的道德觀，是嚴謹抑或溫和？還是保持自由自主的程度？或者嚴苛的克制自己，變得拘謹非常。現在，他把周圍環境對他行為的反應放在心上，像一位法官，代表外界加諸他身上的可以與不可以，身兼學生與教師雙重職責。

比較晚才發展出來的強迫人格，我們發覺他們的人生之路充滿了嚴謹的規律性，幼年時期很早就受到訓練，要克制自己的情緒，不可以動怒，抑制衝動，如果表達自己的意志力的話，就會遭受處罰，或者必須把自己的感覺吞嚥下去。他正值繼續發展學習能力、行為模式定型的成長階段，這些情緒本屬平常，可以把他導向更多的獨立自主。觀察每一位病患——研究病患行為的結果——都可以看到幼年期，涉及展開人生新頁以及踏入新階段的初始印象與經驗，影響力既深且遠；因為小孩很容易從中體驗到造化弄人，把各種行為分門別類。

通常問題是這樣開始的，小孩所處的環境中，任何事情都必須透過一定的方式才能進行，不遵守這些規定的話，就被視為危險或不乖。身邊的人對他的「不當行為」的反應是：責備、警告、威脅、不愛他以及處罰，不難想像他的行為不符合這個環境的期待。要是他太吵了，亂扔東西或弄壞了什麼，媽媽不滿、譴責的眼光就會射過來，或者處罰他。他再三經歷這些，至少會變得小心翼翼、猶豫不決、克制自己，也許開始缺乏自信、拘謹不安；每當他想要做什麼的時候，若心中的恐懼遽增，有可能導入反射的危險方向，當下緊急煞車或硬生生按捺住衝動。

談到這裡，環境與強迫人格發展之間的關係顯而易見：活潑、衝動、體力旺盛、會發脾氣的小孩當然比安靜的孩子常挨罵、被喝止，嚴加管教；假若申斥無效，父母就恐嚇不再愛他，要不然就是處罰一頓，這些後果都頗可觀。

未及齡的苛求也表現在要一個小孩保持乾淨，「端莊的」坐好吃飯，不許弄壞東西，不可以——即便有理由——表達不滿。此處舉一個荒唐的例子：有些家庭要小孩在用餐時腋下夾一枚硬幣，這樣用刀叉時兩臂才不會伸得太開，學習所謂的餐桌禮儀。想當然爾，循規蹈矩的孩子比較討父母歡心，周圍的人也會讚美他懂事，他們的乖巧證明了家教成功，讓父母覺得有面子。想一想大城市的住家空間，如果沒有適當的遊戲場地的話，小孩子簡直就像在坐牢，根本沒有地方供他發洩充沛的體力。如果他很小的時候就必須學會注意自己的舉止，控制自己，不僅使他飽嘗束縛之苦，害怕受罰、良心不安也將襲捲他。

對這種年齡的小孩而言，弟妹們接連出生也是一項課題；該隱殺害弟弟亞伯的陰影籠罩他的心頭⑧，已經具有自我意志，也會惱火動怒的他，把弟妹們視為競爭對手。若是做父母的不瞭解他的心情，不知道要減輕他心頭陰影的話，情況更糟，他對弟妹的敵意與不滿轉化為罪惡感，很早就形成了強迫人格。

一位獨子，他經常偏頭疼的母親不喜歡被人打攪，而且十分敏感，每當他在花園裡玩，或從外面回來，都得在進屋之前把鞋子脫下來，免得發出聲響或弄髒房子。他在屋子裡玩的時候，常有一股衝動想拿某樣東西給媽媽看，但跑進房間時把地毯的緣飾踩亂了，這可不得了：媽媽嘆著氣輕輕責備他不小心，拿一把梳子把地毯緣飾梳到「工整」（這是她常掛在嘴邊的話）的地步，忘了他是一個調皮的孩子。這孩子一天到晚聽到的總是：「現在別來煩我，沒看到我頭疼嗎？我在看書，很忙，沒時間」。

⑧譯註：舊約創世紀第四章。

我們很容易想像，長時間處於這種情境會產生什麼後果。

從一位初為人母寫的日記來看，還有更早形成強迫人格的（第一次當媽媽的人常有強烈的企圖心，事事求正確，還參考了不少相關書籍）；日記記載了小孩第一年的情形：

「你才三個月大我就教你坐便盆——你必須儘快學會衛生習慣。你是個毛躁活潑的小孩，要是不好好吃奶，我得狠狠地打你屁股，直到你學會安靜吃奶為止——後來我只要瞪你幾眼你就立刻變乖了。所以，我很早就曉得你不可能太倔強，就像我在書上看到的一樣：要即早制止孩子倔強。也因此，每當我要離開房間，而你大哭大鬧的時候，也要狠狠地打你屁股；一開始你哭得更厲害，但我不管你，直到你哭累了——這再清楚也不過，你只是想氣我。然後你就變得很可愛；到後來我根本不需要和你較勁兒，大家都讚美你乖得不得了，使一下眼色你就能會意。有時候我得說服自己，這麼嚴格對待你——但我知道這都是為了你好，而且我想以後你會明白，因為愛你，我要給你最好的，所以才這樣嚴厲。這幾年爸爸在戰場上，我一個人得為你負起全部責任；等到爸爸回來時，他會有一個教養良好的兒子」。

從這個例子我們知道，一個太早就得學會緊急克制自己衝動、不會變得不友善、也知道不要吵別人的小孩，這些質素隨著時間漸漸成為他的「第二性格」，變成一種反射動作，自動地控制自己。日後，他把心中的每一個衝動和該採取的行動推到一起，造成一條裂縫、一個斷層，因為他都要先考慮清楚，這樣做是否太冒險，怎麼想就怎麼做呢，或者，最好放棄？如此一來，斷層與深思熟慮變得脆弱不堪，他沒有辦法貫徹自己的主張，陷入懷疑的夾縫中，到底可不可以呢？懷疑持續擴張，變成了強迫性的懷疑，每一個湧上心頭的衝動都必須立刻作廢。

根據這個我們知道，懷疑在強迫人格中扮演著極為重要的角色。懷疑可以保護他免於因自由自在而造成的危害，不受到誘惑，事後懊悔來不及。懷疑不可或缺，變成他自身的目標，因而取代了真的自動去做些什麼。可以從最原始的生活經驗去追溯他的懷疑：我可以做我自己，按照自己的意思行事，還是順從，打消所有的意念——做「好」人或「壞」人，換言之，我想做的事究竟好或不好呢？這種懷疑使得強迫人格者傾向躊躇、猶豫、不果斷以及推拖拉，一不小心就像那頭在兩綑乾草間餓得發昏的驢子一樣，因為牠無法決定先吃那一綑；強迫人格者欠缺的是採取行動的勇氣，又害怕受罰，就是下不了決心。要作決定的時候，被調教出來的恐懼和心中原始的衝動讓他舉步維艱。童年時期如何處理衝動與害怕受罰的程度，決定他強迫人格的嚴重性。

如果我們也知道，強迫人格者認為一旦作出決定，這個決定必須是最終的、不容更改的、「百分之百」正確無誤，否則懲罰將接踵而至，就會比較包容他們的猶豫不決。甚至在決定無關緊要的事情時，他們也有困難——一招錯，心懷滿盤輸的畏懼。

強迫人格愈嚴重，愈是對有意義的活動心存懷疑，他們像上了癮一樣疑神疑鬼，變成一種反射心理，有必要為相反的論調一一作答。假如衝動與壓抑的反差愈來愈大，不消多時就會出現以下的現象：一開始是停頓衝動與壓抑的裂縫；然後，這兩者間隔的時間愈來愈短，迅速繞著「是／不是／是／不是」打轉，表現在身體上的可能是發抖或口吃，在想做什麼、不可以做什麼，想說什麼、不可說出口之間無謂的奔波；最後，衝動與壓抑暫時告退，變成麻木、封鎖以及緊張呆滯：一個人若想說話又咬緊嘴唇，欲出拳還擊卻又拼命克制，想當然爾就癱瘓了。情況繼續惡化，他感受不到刺激與衝動，意識中這兩者從此缺席了，取而代之的是拒絕和反射，心中正要產生某些意念之時，當下就勒死這些衝動。

強迫人格者在幼年時期太早就有世界上許多事都得依照一定模式進行的經驗，因此認為若要求完全正確，他應該變成一位追求完美的人，完美主義在他手上變成原則，把所有的事情都依照他的看法條件化。

在混亂的環境中長大的小孩也有可能發展出強迫人格，屬於反作用、抵償的性質：他在他的世界中找不到方針，沒有駐足點，愛怎麼樣就怎麼樣，這種自由令他不寒而慄。因此，他只好向內尋求停泊的港灣，同時嘗試從自身發展出秩序與嚴格的規章，以便棲息其間，並且從中獲得安全感。不見容於環境，只好靠著愈來愈嚴重的強迫人格撐下去。

強迫人格的故事

這裡要舉一個具有強迫徵象，但並不特別顯著的強迫人格的例子：

一位年輕男子，獨子，教養良好，在舞蹈班舉行的畢業舞會之後，帶他的舞伴去他家。他很喜歡這位小姐，走在路上時突然興起摟著她親吻的願望，他被自己膽大妄為的念頭嚇壞了，對自己可能失態擔心極了，並且擔心遭到對方拒絕。於是，他開始數起街上的樹木；這讓他分心，摟抱親吻什麼的變得很平淡。他猛然想到每當自己心有所盼，處於害怕或罪惡感交織的情境時，就會隨便找個眼前的東西來數。靠著強迫式的數數兒，他整飭自己的鹵莽放縱，不必作決定，也不必當下採取行動，他一直數下去，直到那個誘惑消失為止。他沒有察覺自己異常，只是不明白為什麼要強迫自己，驚愕之餘，他很煩惱。

從這裡很容易觀察到強迫徵象的動機、形成、不可自拔以及功能：誘人的情境是其動機，夾雜著害怕的心情；他不願在放棄或伸手拿之間作決定，於是把自己推向一個平淡的運轉之中，好讓自己分心，保護自己什麼也不做，直到危險過去。

這位年輕男子之前還有一段故事：

他的母親很年輕就守寡，具有強迫人格。丈夫過世後，她竭盡所能讓房子保持丈夫生前的樣子，吃飯時一定擺上他的刀叉。她小心地依照亡夫的模式拾掇書桌和書本，理由是：如果爸爸哪一天回來了，一切都應該和他離開時沒有兩樣。家中頗有博物館的氣氛，充盈著神聖的傳統，爸爸生前的觀點和話語統馭一切，變成了不容抗辯的真理。因此，兒子心中的父親形象遙不可及——沒有缺點，臻至完美；這影響了他與女性的關係：從母親那兒他得到這樣的印象，女人細緻溫柔得不得了，相形之下，男人都是粗野的小伙子，簡直不曉得如何與女人相處，但是爸爸是個例外，好幾年之久他圍繞在母親身邊，從來不會黏著人不放，始終考慮周詳，把母親「捧在手掌心」。當然，他也要像爸爸一樣，才會贏得芳心，他必須成為母親朝思暮想的模範男人。

當他的強迫徵象不足以保護他不衝動時，他便需要建立更多的安全感，譬如一想到性，保護措施就會跳出來；當他面臨棘手的處境，意識就會受到干擾，突然之間失去意識，達到脫離險境的效果；有時他會忽然感到疲勞。簡言之，強迫自己不受誘惑，避免衝突的方法不勝枚舉。

B先生飽受週末症候群的苦惱，星期六來臨之前，他就莫名其妙地害怕，有罪惡感，對什麼都提不起興趣，身體也出現不適，疲憊、頭疼、全身無力，有時嚴重到像一隻鬥敗的公雞。這情形持續到星期天，到了星期一下午就自動消失，規律得讓人猜不透。做了很久的心理治療之後，才找出造成他痛苦的背景原因：

B先生父母的婚姻可說糟糕到了極點，每個週末都會發生一場災難，那就是爸媽必定喝得爛醉。他們大聲爭吵，動手打對方，把還是小孩的B先生和他的妹妹嚇壞了。兄妹倆很擔心盛怒的爸爸會對媽媽不利，也許把她給殺了，他常常帶著醉意說出這些威脅的話。

隨著害怕而來的還有恨意，尤其痛恨爸爸，爸爸一喝醉，就極盡羞辱兒子之能事，無情地指責，之後他的情緒會來個大逆轉，無限慈愛的要兒子親他一下，做兒子的怕死了，滿心厭惡的照辦。

星期天晚上兄妹倆上床睡覺時，經常聽到爸媽激烈爭執的聲音，相互抱怨，要脅著要離婚等等。星期一一大早爸爸就上班去了，媽媽還醉得不省人事，小兄妹自己做早餐，為的是上學前可以不必看到父母親。B先生星期一的學校生活特別難熬，一方面恐懼如影隨形——星期天晚上他就寢之前到現在都沒有見到父母親，天知道家裡這會兒變成什麼樣子了，還是原先的樣子嗎？媽媽會不會真的離家出走？同時，他為自己家裡發生的這些不堪感到羞恥又悲傷，使得他無法像其他同學一樣，高談闊論週末過得多愉快。所以，他根本不參與同學的閒聊，免得同學們知道他家不足為外人道也。他對父母的恨意又升高了一級，心中百味雜陳，同情之餘，他很清楚爸媽彼此折磨，兩個人都不快樂。

星期一下午他回到家，一切如常，看不出曾經發生過災難，恐懼感隱身退去，他鬆了一口氣，希望從此天下太平——這可以維持到下一個令他如臨大敵的週末。週末對他而言從來就不輕鬆，也無法享受休閒時光，父母的事情不僅在他心頭蒙上一層陰影，他還有另一重幻想，如果自己聽話，不向他們要求什麼，也許這個週末會好一點兒，他扮演著犧牲的角色，施展破除魔法的力量。

那些年中他逐漸習慣了恐懼和罪惡感盤據心頭的感覺，若有似無，嚴格戒除欲望以便提煉出新的魔法，好像他隨時大難臨頭、遭人恐嚇。週末他根本不知如何排遣，捱過後他都很高興，又可以做自己的事情了。

如果當時他為心中的衝動找到出口，告訴爸爸他的感受，直接說出自己的苦與恨，也許情況會好一點兒。他年紀尚小，能解決這些衝突嗎？他在心目中早就把爸爸揍個半死，但這只會使家裡的情況惡化，媽媽應該會站到他這邊，這麼一來，爸爸更要遷怒到她身上了。這些情結以及錯綜複雜的情緒和意念埋下了神經官能症的種子：神經官能症使他免受危害，發揮神奇的魔法功能，集悔恨、犧牲與自我懲罰於一身。他從未有機會表達心中的痛苦、恨意與失望，此外還有對親情的渴望、悲傷、羞恥以及罪惡感，全都壓抑下來，造成了日後的強迫徵象。如果他能夠與父母懇談，或者找別人傾訴自己破碎又反感的心情；真有這些宣洩的管道的話，就不會有強迫人格了。

有的環境特別容易造成小孩的強迫人格，父母人格是影響因素之外，社會期許以及要求子女步步高昇都是，譬如父親是軍人、老師、神職人員等，類似的行業講究外在的效應和威望，與強迫式的行為模式幾乎同宗。在軍隊裡——尤其老式的普魯士軍隊——控制自己、全神貫注、絕不散漫才是完美的男性典範；從他們以制服僵硬的高領來強調「儀態」可見一斑。

一位高階軍官有兩個兒子：他非常在意兒子的表現，一定要達到他所期許的目標。他以普魯士的精神來教育兒子：情感表達、哭泣都是禁忌（「德國少年是不哭的」）。家中的大小事情都有一定的規矩，整個家的運作如同兵營裡訓練有素的新兵。兒子上床前必須以筆直的姿勢向父親報告，哥哥睡覺的時間要比小他一歲的弟弟晚一小時，似乎他的階級較高，因而享有較多的自由。

弟弟很有藝術天賦，性情也很好，爸爸卻認為他太軟弱，每當他需要關愛，冬天鍛練體魄凍得雙手發紫、痛得流下眼淚的時候，爸爸就會說：「你簡直不像真正的男孩子」——戴手套沒有男子氣概；接受磨練是人生最重要的課題。爸爸希望把他送到當時一家頗負盛名的學校，讓他和國社主義者的後裔一起受訓。沒有人問他是否願意——小孩只有無條件服從的分兒，爸爸都是為了兒子著想。十五、六歲之際他進了一所這樣的學校，去接受軍事訓練，他萬分不情願，在學校的表現也不傑出。才入學沒多久，有一次集合時他突然口吃起來，迅即惡化，不宜再留在學校，等於被淘汰出局。他運用強迫症狀破壞了爸爸的全盤計畫，卻不必負起任何責任，繼續服從爸爸的命令是他當時唯一的一條出路，反抗絕不可行，恐怕會引起更嚴厲的措施——他想都不敢想。潛意識裡的強迫症狀幫他達到了目的：只因為他有口吃的毛病，才可以離開那間可恨的學校，不必自責，也沒有公然反抗爸爸，卻達到報復的快感；他的病痛是折騰人的口吃——其中潛藏著他暗中對抗爸爸的自我懲罰。

在權威式教育下長大，而且認同這種教育方式的父母，要求孩子無條件聽話，也不讓小孩質疑為什麼要這樣、那樣，是非常危險的。這類「教育」講究外在的盲目服從，過去曾經成功的使群眾跟著隨波逐流。反權威式教育的「反」字，頗令人懷疑，「非權威式」的教育綽綽有餘——從極端權威落入極端放縱也很危險。

症狀嚴重時，反抗的態度將伴隨這個人度過一生，不管碰上什麼，一律反抗，即使一般的規範他也認為是一種強迫，抵死不從。這樣的人極其麻煩，總是用自己的感覺來憑估，一概說「不」，無窮無盡地發牢騷，運用神經官能病症的方法，彌補孩提時代渴求不到的東西。

家庭中出了自以為舉手投足都有重大意義、堅持凡事必須這麼做的「人物」，榮格如此形容這種人，最容易強迫小孩接受所謂的模範教育。父母基於「身分」，認為非這麼做不符合社會對他們的期望，往往把孩子訓練成模範兒童，教養良好、成績優秀、彬彬有禮，受到大家讚美，絕不讓父母丟臉。老師這個行業也很麻煩，如果小孩恰巧在父親任教的學校上學，他就肩負著讓父親或他的家庭增光的重任——如果他不夠優秀或讓家人蒙羞，則他的處境形同世界末日。這也會為強迫人格打下基礎——生在這種家庭的小孩若不夠堅強，没辦法抵抗，在別人眼中他就是個「劣種」。其實這樣還比較健康，但他們將無法寬恕自己，得不到父母的諒解，父母把罪過推給孩子，責備孩子的不是，卻不承認是自己的教育方法出了差錯，也不會想到問題在於環境——尤其是居民彼此認識的村莊或小城市，這些孩子天地不容；鄰居背後竊竊私語，甚至幸災樂禍。

家中有人位居要津，是社會名人，常常孩子就成了犧牲品；閃亮的形象使得孩子籠罩在社會期許的陰影中。

綜觀上述，我們可以把強迫人格的特質加以整理：為了要保護自己，他們慎防跟著大衆的意見和作法走，風俗習慣亦同。這中間反映出，他們在受教育的過程中不斷被灌輸「不許這樣」等等觀念，但没有人在他們有所懷疑時，提出合理的解釋。大人只要求做這個、不許做那個，從來不告知理由，小孩只得照辦。今日已然銷聲匿跡的父權體制，以前卻稀鬆平常，天下無不是的父母，大人的權威不容孩子質疑。天堂第一個神話就與此相呼應，亞當和夏娃沒來由地被禁食智慧之果，這恰好激發了人類天生的好奇，兩人因此觸犯了禁令。

我們在這裡再舉一些例子，讓大家明瞭形成強迫人格多方面的複雜因素。每一個人的故事都反應出多層面的背景，讀者必須像抽絲剝繭的詩人一樣，從中理出一個頭緒。

一位三十多歲、罹患嚴重強迫人格的女子，穿衣脫衣要花掉一個半鐘頭，洗澡要兩小時。她來接受治療的時候，每天至少沐浴六小時，與丈夫完全沒有性生活。小孩不許碰她一下，整天躺在床上，一碰觸到什麼東西，她就覺得自己污穢不堪，唯恐懷孕。吃飯必須用餵的，因為她認為任何東西一經過她的手就弄髒了，於是，她的強迫病灶轉移為害怕接觸，情況嚴重到一看到「不乾淨」的東西，就覺得自己不潔——譬如很多人碰過的門把等等。這與那位神奇的國王麥德斯（Midas）頗為相似，被他手指碰過的東西都會變成金子；她這廂是變成穢物。

治療之前與她談話時，她雙腿緊繃，雙手死命地壓在膝蓋上，一個鐘頭過後，她的手腳都麻了，幾乎不能動。每次她走進診療室，都要自言自語差不多一分鐘：「我不髒」，然後才能接受治療。一旦她碰過什麼東西，除了清洗之外，也要說這個句子，有若破除魔法的神奇魔咒。

這位瀕臨精神崩潰的女士，在美國南方一座彌漫清教徒氣息的小城市長大。她的母親十分嚴厲，道德標準很高；父親性情柔弱，動不動就生病，而且膽小，女兒結婚當天他不舒服到必須臥床休息，無法參加婚禮的程度。父母謹慎地把這位女士拉拔長大，她和弟弟是城裡最有教養的兩個小孩，讓父母非常有面子。姊弟倆必須在每一方面都表現良好，抽煙、喝酒、跳舞、玩撲克牌都在嚴禁之列。她結婚（三十歲）之前，星期天都還在上男女分開坐的主日學。她的父母「親切友善」，不打孩子也從不說重話——「我們慈悲的殺死了彼此」，有一次她一語道破。才九個月大她就知道要保持乾淨。十四歲那年，在電影院裡有個男人挨近她旁邊，拉起她的手放在生殖器上；她沒有反抗，但跑開了，心中滿是罪惡，也沒有和任何人談起這件事。十六歲時她在汽車內與人愛撫，精液流到她的手和大衣上——從此她強迫清洗自己，剛開始她只是洗得比較頻繁、次數較多。她自覺有罪——一貫的無法解釋——十分擔心自己可能懷孕，據此發展出強迫症候，嘔吐、月經停止。同樣地，她沒跟任何人談論這些事——她怎能讓父母親知道她的遭遇，讓他們大失所望呢？

治療時她道出，小她三歲的弟弟深得母親寵愛，他是家裡的天才，而她永遠趕不上弟弟。她認為自己很平凡，多花點工夫追求完美的話，也許一樣能討父母歡心。在這種情況下，她當然不可以「變壞」，她嚥下對弟弟的嫉妒、羨慕以及痛恨，卻把弟弟和父母親理想化了。她害怕與東西接觸，家裡的門於是不上鎖，她用手肘壓一下就可以打開門了。這雖然引人注目，但家人視若無睹，以為她「考慮周到」，這也是家人的因應策略——討論起來的話不知有多尷尬。她在外得不到援助，強迫症候愈演愈烈。順便提一下——這是她敘述時的用詞——早在罹患強迫症之前，她就已顯露出強迫徵象：七、八歲時，沒把兩腳的襪子弄得一樣高的話，她就沒辦法去上學——沒有人留意到這個警訊。假使她因為這些強迫行為受罰、遭人嘲笑的話，情況恐怕更糟糕；其他案例經常如此；她會偷偷發展出更多的保護措施；我們稱之為「策略」，實際上是她獨自面對難題。

根據她的說法，她成長的環境十分「健康」，應該不至於形成強迫人格，於是我暗示，是否就是她不承認自己有衝動、會憤怒，而且把這些情緒硬生生吞下去的時期，就在同一時期她把家人理想化了，才變得反抗自己？她眼中充滿了恨意瞪著我，斬釘截鐵地說，她的父母「親切友善」。但她的精神層面又找得出不少矛盾：「我在母親的墓碑上看到一個被我遺忘的日期」（她的母親還在世）。直到今日她的父母尚且不知她生病：「如果我寫信告訴他們我有過婚前性行為，簡直會要他們的命，他們絕對受不了這個打擊；讓我生病比較好。」在家鄉她也不可能去看病，她以為她勢必要談論自己的性生活，供出婚前性行為；所以她只好任由強迫症這樣下去。她的婚姻出狀況使強迫徵候更加嚴重，丈夫是個體力充沛、享受魚水之歡的人，性需求很大——她認為唯一允許她有性活動的目的是生養孩子。

補充說明

從某些層面來看，積習會形成強迫人格並不為過，譬如起床時必須遵循的儀式和順序，如何洗澡穿衣等等，這些習慣固定之後，我們唯有照著做才會獲得滿足安心，稍有差錯，就會感到不對勁兒。但是這些習性並不會折騰人，所以不帶有強迫色彩，而是為了要節約時間或精力，基於經濟考量才衍生出來的，而且，一旦這些日常習慣無法完成我們的目的，當然可以修改。類似的儀式也存在於社交和宗教活動之中，是我們生活的一部分，我們訂下規矩與行為模式，並且遵守之。除非有些事情毫無意義，我們卻非得這麼做不可，才能稱之為強迫行為。

僵化的教育方式，父母及教養者至高無上的權威和原則，都有可能引發強迫行為，尤其是施加於很小的孩子身上。太早就曉得不做父母不喜歡的事的小孩，容易被導向完美主義，對自己和別人都很不耐煩，更甚者變得專制獨裁、教條化。在強迫人格者的身上總是找得到完美主義的影子，使得他們與人群漸行漸遠，不懷好意，以為生活就應該和他們想像的一模一樣。然而，看看他們如何費盡心機讓生活依照他們的模式進行，這些努力的本身就是一種強迫行為。強迫人格者對「亂七八糟」嚴陣以待，唯有一絲不苟遵守那些規矩，才能獲得一紙中規中矩的保證，保證一切井然有序。一幅掛歪了的畫也會使他驚惶失措——倒不是為了美觀，而是根據規矩和法律，畫掛歪了就錯了。稍微偏離規範的正軌，都會讓他想到箇中的危害，大體如下：畫都可以掛歪，誰知道接下來會不會天下大亂，超出我能控制的能力。如此，我們才會比較理解強迫人格的行為模式：他們極其容易受到干擾，敏感非常，小事也不放過——瑣事意味著「開始與終結」，一丁點兒踰越常規，一絲絲稍不留神，內心的壓抑就會被引爆出來，天上飄下的最後幾片雪花，也有可能釀成雪崩的大禍。

地質學家針對如何避免犯錯，講過一句很傳神的話：在還原化石時，常因清除周邊的石頭用力過猛而傷到化石本身，於是他們建議「省下最後一鑿」。這正是強迫人格者的困難之處，完美主義驅使他們再三講求百分之百的精準，人以及與生活有關的想法都必須具備機器的功能，如同堅固耐用的建築物一樣。只有強迫人格者才會用心思索，一個針尖上究竟可以容納多少天使⑨；強迫式的思考常常流於空洞，變成創造力的阻礙。保護自己絕不犯錯，不陷入混亂當中，是當務之急，於是，完美主義永遠都在校對和修飾。強迫人格者時時刻刻惴惴不安，唯恐一向正確有理的知識與觀點原來是錯的，所以他追求絕對、簡單且永遠有效的東西。看遠一點兒的話，也許他因此推敲出人生的法則：從他固定而且嚴格遵循的規矩中引申出反思，以便修訂、比較那些可變的、接近事實的堅持，接著，基於純淨的理由，他反對持續的變化。強迫人格者是所謂的「說話算話」，說一次便永久有效，容不下水到渠成的發展，這裡要引用一位實驗心理學家形容強迫人格者心靈的話：「雖然我們並不確定自己在丈量什麼，但是，我們不管量什麼，一定量得正確無誤。」

日常生活中，再檢查一次瓦斯關了沒有，門鎖了沒有，嚴重的話，都會變成強迫行為。患者在做這些事的時候，不認為是自己在強迫自己，只不過他別無他法。如果他嘗試

⑨譯註：一則始於中世紀極為著名的神學問題。

不被驅使，莫名的害怕和徬徨就會糾纏著他。因為他覺得無法不從，又不願承認這中間的扭曲，還會把自己的強迫行為合理化，試著給它一個說得過去的理由。使用別人的洗手間，坐的時候要鋪紙，離開時用手肘頂門把開門，又想到可怕的傳染病什麼的，是有些誇張；擔心傳染病，覺得細菌無所不在，活動範圍愈變愈窄的話，就是病態了。

意識到自己強迫行為的背景原因，知道自己出於害怕因而壓抑那些衝動，會有一些幫助。一般而言，都涉及憤怒、激動的情緒以及性衝動。前文提過，一旦我們時時刻刻防衛自己不被別人嘲笑，反而心頭始終縈繞著這些事情，這也讓我看清楚狂熱分子的真面目：捍衛貞操的人到處都嗅得到性的誘惑，貞節大戰轉化為對抗「齷齪的性」——由於「道德動機」——與強迫人格者一樣，反對惡者多，而非為了捍衛善而戰。

有一位強迫症患者可以數小時之久坐在瀑布之前，對自己做不到的事情驚訝不已：跳下去、隨之奔流湍急，不怕驟然之間什麼都沒了，一切趨向結束。我們知道，強迫人格者害怕人事物消逝，恐懼時間以及金錢流逝，強烈的表達他渴望擁有永恆不變的權力：如何利用時間，如何與金錢打交道，取決於我的意志。安德里克（Ivo Andrić）的小說《那位小姐》（*Das Fräulein*）就描寫了一位所有出口都封死的強迫人格者。

美國殯葬業有一個令人毛骨聳然、抵拒死亡的作法，他們把死者化妝得栩栩如生，彷佛生氣盎然。更荒唐的是，花上大筆費用將死者冰凍起來——期待有朝一日科學進步到解凍之後死者於焉復生。但是，所謂不死，必須是在不識死為何物的前提下，而且，正因為人皆有一死，所以合乎人性。

現在，我們要討論強迫人格在生活各層面的行為模式。宗教上他們傾向於教條和正統，無法接納信仰不同的人。他們認為上帝嚴厲、報復心重，具有所有家長制的特質，要求他們說一不二的順從。但他們卻迷信，同時相信不可思議的神奇力量；對於風俗和儀式照單全收，看得往往比信仰本身還要重要。贖罪券想來出自強迫人格者的點子，若無法全心全意信仰，信仰無法內化為身心的一部分，轉經筒和十字架念珠⑩可以協助他們履行那些千篇一律的教規。雷斯寇弗（Nicolaus Ljesskow）在小說《騙子潘發龍》（*Der Gaukler Pamphalon*）中，很成功地塑造這樣一位完美主義、強迫人格的虔誠教徒。

強迫人格者所到之處，都樂意遵守規矩和原則，機械化、無意義的匍匐遵守，有外力動搖他時，愈是不知道自己這麼做是因為害怕，就愈加不耐考驗；他的保護措施因此將受到威脅。他不斷致力於絕對化，他的信仰卻更容易被懷疑挑釁，陷於危險之中，因為他並

---

⑩譯註：轉經筒為藏傳佛教中祈禱之用。天主教徒手持掛有十字架的念珠（五十九顆）祈禱。

不容許自己反詰、質疑。他極力壓抑的情緒會在不期然的情況之下崩潰，譬如褻瀆神明的想法。教會因政治運作濫用宗教權力時，愈能讓有強迫人格的信徒恐懼不安，造成不少精神病患者。

強迫人格者堅信不移的原則、意見和理論等，若是與日新月異的進步有所牴觸、生活方針遭到威脅、奉行的系統行將停止運轉時，或者他們的安全感以及存在稍有動搖，會覺得大難臨頭。

強迫人格的父母通常值得信賴，態度堅決，而且很有責任感，為所信仰的價值擔任代言人，無怨無悔。強迫人格加劇，這樣的態度也隨著益發呆板、絕對。「只要我活著就不許改變」；「下次再說這些，我們之間就完了」等都是典型的例子。他們不太注重孩子的年齡和性格，不太給小孩自由發揮的空間，認為孩子應該按照他們的意思長大。「只要撒一次謊，就再也沒有人會相信他」，他們是那種所謂「言而有信」的人，「不」就是「不」，至死不渝，因為他說了就算，不許抗辯，不必給理由，只要求小孩無條件服從。他們灌輸小孩一旦做錯了就不能改的觀念，自己是記恨的人，所信奉的價值出了個差池，心頭就感到歉疚不安，唯恐懲罰接踵而至；他們很難與人盡釋前嫌，寬恕他人。他們很早就告知孩子不可踰越界限，孩子永遠處於稍微鬆懈就一發不可收拾的恐懼之中。因為自己不曾自由發展，就不願順著孩子的天性，孩子到了冒險犯難的年齡，在他們看來處處危機，所以很早就塞很多東西給小孩，教小孩追求完美——譬如要孩子分秒不差地守時，強調細節的規範；給什麼就吃什麼；給多少吃多少，不許有意見，無論如何都要吃完等等。孩子進入反抗時期，他們以為已預見日後的叛變，因此以為必須及時斬草除根。在這種情況下，小孩不但缺乏自信，也會有自卑感，必須有所表現才能贏得父母關愛。害怕與苛求把小孩造就成失敗者、故步自封，這種教育扼殺了孩子向外發展的衝動，絞死了激昂的情緒，其中尤以性衝動最受壓抑。一旦孩子無法妥善處理這些衝動而出了錯，通常強迫人格的父母會認為孩子有意要毀壞一切，這將導致小孩不信任自己的身體，變得笨手笨腳；孩子日後應該發展出來的能力，種子尚未萌芽就被壓扁了。這樣的父母教養出來的孩子比較像又修又剪的樹籬，而非自由伸展枝椏的大樹，接受的訓練遠比教育多，與傀儡無異。他們認為處罰是教育中重要的一環，顯露出虐待的一面，嚴厲懲處，強逼孩子服從，處罰時必須讓孩子知曉他們的權力所在，經常羞辱小孩。二十世紀初，除了體罰，這類型的父母和老師也喜歡喝令小孩「站到牆角去」，小孩必須苦苦哀求（「我再也不敢了」）等等，這些無不在傷害小孩的自尊心，強求他們完成不可能的任務。

強迫人格者的夢境往往內容貧瘠、單調乏味，一般而言他們較少做夢，換言之，一下子就忘了做過的夢，一如他們不去探索內心深處的聲音；夢總是費人疑猜，寧可當成泡沫，毋須嚴肅看待。技術方面的畫面最常出現在夢中，顯示身和心都離群索居；夢中他們常受窘，場面尷尬，印證他們的強迫人格與衛生教育之間的關聯。夢中被封鎖的憤怒以措手不及的方式表現出來（火山爆發、地震、攔河壩潰堤之類），衝動與壓抑、犯罪行為等題旨，常在同一個夢中交相出現，相互抵消。

強迫人格者喜歡從事與權力有關的工作，例如精確、踏實、細心、負責、掌控全局的業務，要求長久、追根究底和耐性的職業，不傾向主動、彈性及富有創意的工作。他們對專業知識駕輕就熟，非常值得信賴。成就非凡或只是完成任務，端看他們強迫性格的程度，能否自行決定或只願遵從既定的規章；與即興式的創作或表演完全絕緣。

他們是有責任感、刻板的公務員；精準的科學家、律師、外科醫師、財務人員和銀行家、教育家、神職人員、分類學者及各行各業；強迫人格的正面與負面的差別非常細微。可以是責任感強、客觀的法官，也可以是無情、拘泥於條文、犯罪就是犯罪、不問動機與心理因素，因為這會動搖規範，照本判刑不僅賦予他權力，也讓他省卻懷疑的法官。可以是慈父般的神職人員，也可以是不假寬貸的假道學，拿下地獄來威脅教友，使教友恐懼罪咎，與暴虐行為僅有一線之差。

強迫人格者對歷史興趣濃厚，藝術史、醫學史、哲學史等也都對他們有吸引力；因為這些都是過往的事，不會再出差錯，可以永遠沉浸其中。諸如考古之類的學科他們特別感興趣；若研究語言，他們會選擇做古典語言學家；鑽研歷史，則為史前史專家。

基於權力觀點，政治對強迫人格者最具魅力，可以合法揮霍他的權力欲，但如何逍遙其間，就要看他是否有出衆的才能。這種人通常傾向於保守主義，忠於所屬的黨派和政權，主要是因為凡是老的都已通過淬練，衆所周知。所有實驗性質的、需要實驗的他一概擋在門外。

想當然爾，強迫人格會隨著年齡的增長而變得更嚴重，深層的直覺要他守住所擁有的，巴不得時間之河停止流動。因此，先前形成的強迫態度變本加厲：他將不計代價保住權力和地位，即便年事已高，無法盡忠職守，仍不願讓出位子，無怪乎他痛恨新的事物和年輕人。他把一切寄託於成就與希望，人老了就要學著淡泊名利、看得開，因而很不情願變老。他希望自己無人取代，釋放若干權力容易讓他多疑，誠惶誠恐地審視自己，神經質地注重身體健康。他只知道自己要交出權力，放手既有的成就，往往忽略了年老帶來的一些譬如不再被責任義務束縛，可以悠哉遊哉的好處。死亡對嚴重的強迫人格者痛苦不堪，妥協與讓步都意味著軟弱，所以他要與死亡奮戰到底。

有的時候，強迫人格者到了老年反而變成一位家長制的巨人，尊貴無比，象徵他們所堅持的價值觀，此時死亡乃大自然之命定，反抗毫無意義；他是最後一樁事實的代言人，大限之期將至，大家都應該對他五體投地。他將適時交待身後事，立好遺囑；有些人認為立遺囑的意義是，透過他將死的這件事來行使他的權力。

他永遠青澀不成熟，生命的意義莫非無論如何都要活下去，有的時候活下去的形式令人不敢恭維；死神迫近引起的恐懼之所以被推開，是因為他無法棄之不顧，所有讓他想到消逝和結束的紛紛擾擾，他避之唯恐不及。

我們可以把健康但帶一點兒強迫性格的人、強迫人格者以及罹患嚴重強迫症的人區分為兩種：精力充沛又活潑的是其一，從客觀、負責、值得信賴，到冷靜理智甚至汲汲於名利者——包括死硬派和牢騷不斷的人——位高權重如獨裁、專斷獨行到程度不一的強迫症患者；其二為緊張症，天生虛弱的屬這一型：不動聲色全力配合的人——膽小鬼——多疑者與猶豫不決者——老學究及愛找喳的人——低聲下氣和欺善怕惡之流——苦行的疑心病患者。兩者之間相似處甚多。

健康但帶一點兒強迫性格的人，驅向於穩重、吃苦耐勞、堅毅以及有責任感，他非常上進又勤勞，有計畫也有目標；他的目標通常很遠大，因此對於要完成的事的興趣勝過他已擁有的成績，不太懂得享受當下。如果他能夠貫徹主張、精明幹練且毅力驚人，又有責任感為輔，他會很成功。穩重、精確、值得信賴、堅定和潔淨——涵蓋道德禮教——都是他的優點。感情上他很退縮，但就像他一向強調的長長久久，他不輕易重整佈好的棋局。基本上他很嚴肅，堅持自己的看法，認真負責，務求客觀。史奈得（Reinhold Schneider）曾在著作《菲立浦二世》（*Philipp II*）中描繪這樣一位出衆的人物。

這類的人對長久性以及安全感的需求過於強烈，也過於單方面。因此，最好讓他們認知在追求的過程中，極易流於僵化。最上策是把習於壓抑轉化為向外探路，不需要保護自己：接受事物終會消逝的事實。他們應該起而學習，而非坐著盼東盼西，並且讓事情自由發展。對整體社會而言，他們恪守傳統，賦予傳統新的意義，功勞不可謂不大；從某些觀點看來，如果他們没有被自己蔓蕪的安全需求以及權力欲擊倒，反而成功的戰勝這些質素的話，可說是社會的中流砥柱。

第四章

害怕既定的規律

歇斯底里人格

Die hysterischen Persönlichkeiten

「每一段開始都有一位魔術師……」

——赫塞

新的東西有魅力，認識新鮮玩意兒是一種刺激，喜歡冒險犯難——這屬於我們天性的一部分，就像我們追求長久的關係，希望受到保護一樣。我們喜歡冒險，遠方的國度魅力四射，鄉愁與漫遊癖等量其觀，渴望安全的羽翼，新奇的印象與經歷讓我們跳脫熟悉的框架，充實、開啟生命新的扉頁，變化我們的氣質。茫茫人海中尋覓新面孔，驅使我們徹頭徹尾認識自己，盡量利用自己的特質，盡可能邂逅各種人，變得成熟又完美。

我們要討論第四種，也是最後一種恐懼的原型，排拒最終的、既定的人事物，害怕自由受到約束。這種恐懼是強迫人格的倒影，強迫人格者對自由、改變以及冒險十分畏縮，這一章要介紹的歇斯底里人格恰恰相反。他們竭盡所能追求改變與自由，肯定所有新的事物，性喜冒險，對他們而言，未來表示大門敞開，大好機會等著他們。相對的，強迫人格認為有功效的束縛、傳統以及既定的規律，最不討他們歡喜。套一句俗語，他們的座右銘是「既定即不定」——也就是說，沒有什麼可以約束他，要他負起責任，沒有永久有效的東西。所有的事物都不是絕對的，應該富有生命力、有聲有色——唯有當下與眼前才重要。及時行樂，也許機會永不再來；事情過了就過了，毋須追究；未來一片海闊天空，機會無窮；但不是那種先行計畫好的未來——太一成不變了，重要的是對未來態度開放，隨時準備擺脫過去。

這樣的人不把那股聚攏且集中的萬有引力放在眼裡，只想依照反其道而行的離心力活在片刻之中，他拋開計畫與明確的目標，只是翹首期待新鮮感，不斷追求刺激、新奇的印象與驚險，隨時臣服於外在的引誘與內心的呼喊。種種規定與律法都讓人覺得透不過氣來，自由無比重要，遵守規定會限制他的自由，所以他不把規定放在心上，或是轉個彎我行我素。他拼命追求的自由比較像是要擺脫什麼，而非自由地去做什麼。

一個不打算接受大自然規律、生活規範，也不願遵守人與人之間的遊戲規則的人，會是什麼樣子呢？他有若生活在橡皮世界，這個世界表面看來隨和、有彈性，朝令夕改，反正他也沒有嚴格遵守，總是找得到脫身的法子。因果關係只存在於自然界——我並未認可，也許此時此地剛好起不了作用哩。

這麼一來，義務、有約束性的東西他當然敬鬼神而遠之：生物方面如男女有別，年老與死亡，風俗習慣與遊戲規則，規範與法律。總而言之，容不得我們自行訂定，稱之為「真實」的東西，例如事物的真相，最讓他感到害怕；法律不可或缺，他只好努力適應並且多方容忍。

他對待這個稱作真實的東西很慷慨：質疑、比較、輕視或者視若無睹，他試圖將之強行驅散，逃之夭夭，要不然就盡量避開，不承認它的存在。於是，他獲得了假自由，活在虛幻的世界中，做著春秋大夢，不識人間的真象，隨著時間的流轉，假自由愈變愈危險。他所謂的實情裹著謊言的糖衣，沒有真實性，愈是遠離事實，愈要為不知民間疾苦的假自由付出代價。他將發覺自己懂得太少，事情的發展經常不如他意，失望之餘，益加踡縮在自己幻想的國度，虛幻國度與真實世界之間的裂縫愈來愈大，造成了歇斯底里人格的惡性循環。

讓我們看清楚虛幻世界的面目，前文曾提及，因果關係、事情的發生與造成的結果，是我們存在的一個實相。這迫使我們遵守法律，藐視者將受到處罰。歇斯底里的人卻覺得這些讓他動彈不得，必須有所為、有所不為時，他就靠著駝鳥策略混過去；假裝根本沒有這些因果。如果他心中的渴望搔得他無法自處，也不理會會引起什麼後果時，就會採取滿不在乎的態度。他天真地奢望自己的所做所為不受常理人情的制約，至少這一次不會應驗。他整個人被當下的願望盤據住，只能罔顧常規；跳過因果，向誘惑俯首稱臣。舉一個例子說明：

有一個班級舉行慈善義賣徽章的活動，每個女學生都拿到一張紀錄捐款金額的單子，而且必須推銷一定數量的徽章。十三歲的英格可愛大方，帶著甜美的笑容走向人群，沒有人忍心拒絕她。沒有多久她就把徽章都推銷了出去，她覺得應該犒賞一下自己，突然想吃甜的，口水都快流出來了——她這麼辛苦，受之無愧。收到的錢在向她招手，可以拿來做不少事呢——她不去想錢怎麼來的，目的為何——此時此刻是她的。她無法把甜食從腦海裡趕出去，就拿了一些錢去買她最愛吃的糖果——懷抱著一個模糊的想法，認為事情會擺平的，而當務之急先滿足她的饑渴。

這是很典型的歇斯底里人格：欲望有若驟然拉滿的弓，裝滿了需求。每個衝動，每個願望都得立刻獲得滿足，等待是不堪的；誘惑如此之大，而他無力抗拒。

學生們要在同一天交出單子和收到的錢，這位女學生怎麼辦呢？她要求老師多給她一些徽章去賣，之後她再把錢交出來。她告訴老師原先收的錢放在家裡（在事件發生的當兒杜撰藉口也屬於歇斯底里人格的特質，他將需要更多的藉口與謊言來提高自己的可信度，於是理由愈來愈薄弱，離事實也愈來愈遠）。她拿到了新的徽章——先爭取到時間，寄望這當中發生奇蹟，讓她脫困（先爭取時間，再做出新的承諾來拖延時間，也是典型的特質）。到了該交出錢的傍晚時分，她忽然靈機一動：她告訴鄰居媽媽出外訪友，而她需要買幾本作業簿，可否借她一點兒錢？鄰人借錢給她，她再一次爭取到時間，奇蹟果然發生了；至少她現在有足夠的錢交給學校了。她忍不住盼望鄰居忘了她借錢的事，她自己的策略是「不去想它」，但願鄰人不會記得那幾塊錢。

歇斯底里的人常常這樣，天真地以為這事擺平了，「不知者無罪」；而且人是有忘性的。從這裡可以觀察到推拖拉的傾向，偷錢之事被忘得一乾二淨，只記得自己合情合理的向鄰居借了一點兒錢，有朝一日當然會奉還（暫時不去想如何還，何時還的問題）。如果哪一天鄰居非她所願提起這事，她將致歉；或許鄰居真的忘了，才那麼一點兒錢哪，何況我也幫過她忙；也許突然有人送我一大筆錢，或是我幫她做事抵償——船到橋頭自然直。

幾天後鄰居向英格的媽媽說起借錢的事，事情曝了光，如果她適時承認一切，就不會像現在這樣不好收拾了。當她的願望浮現，揮也揮不去，必須及時予以實現時，骨牌一張張倒下，要為一時的滿足付出高昂的代價。

從這個例子可以看出歇斯底里典型的行為模式：心有所盼便鬼迷心竅，不立刻獲得滿足絕不罷休，別的事無法讓他分心；不睜開眼睛審視自己的行為，不想後果；爭取時間，盼望奇蹟；所謂的急中生智，簍子愈捅愈大，挖東牆補西牆；按照自己意思捏造、篡改故事；自然而然忘卻不愉快的事，尤其是自己的罪惡感；最後，願望戰勝一切，等待兒談。尼采的形容很適合這樣的人：「記憶告訴我這件事是我做的，但我的自尊心卻說不是我幹的，它不容反駁。最後，記憶妥協了。」

歇斯底里的人面對真相，時間的流逝，守時與否，也是這般恢宏大度，覺得時間壓力之類的擾人清夢，毋須如此斤斤計較，經常帶給別人很多麻煩。

讓我們探討生物學上的事實，性別造成的異同、成長的過程以及衰老等問題。這些歇斯底里的人也不肯乖乖就範，他喜歡當不必擔負責任的小孩，至少要讓青春留步，因為這個世界對孩童總是比較寬容，不會要求他負起全責。負責任的定義是，他被法律綁得緊緊的，做事必須貫徹始終，讓他感到不快。至於衰老，他可以想辦法慢一點兒變老，心理年輕就好，用不著告訴每一個人他真實的年齡；只要看起來不老，就可以青春永駐。從衣飾著手，穿年輕一點兒的服裝，使用化妝品，靠著美容整型支撐不老的傳奇；千萬不能憂慮或激動，告訴別人他受不了這些折損，躲不掉的時候宣稱身體微恙，不必煩惱或生氣。

他以同樣的態度看待倫理與道德。既然不喜歡這些大道理，何必死守呢？一次也不行，誰能夠分辨是非善惡，立場觀點都是比較而來的。他的世界可塑性極高，柔順隨和，犯錯都是有理由的。更何況，誰知道他現在做什麼，以前又做過什麼事呢？他的想法海闊天空，只要他能按照自己的版本說服自己，誰又能提出相反的論調？

邏輯也是個討人厭的東西，不過他仍然有辦法繞道而行，自己的邏輯也是邏輯的一種，雖說略有差異，卻未必遜色。當他的想法大逆轉、別人無法心領神會時，他認為別人不合邏輯，有問題的是對方，如此自己才站得住腳。說得俏皮一點兒，他潛入對方的陣營，贏得信賴之後再設法將死對方！他自行演練出一套假邏輯，有意無意地說謊，把別人耍得團團轉。

他對自己的恐懼——責任、義務與前後一致——並不知覺。形諸於外，他害怕置身於廣場上，害怕站在街道上，害怕停留在密閉的房間、電梯、火車廂裡等等。他這是把真正的恐懼移轉到旁的、無害的，他可以避開的東西上，例如怕搭電梯或怕過橋，避免做這些事情，也就不怕了。事實上他憂懼的是自由受限制，誘惑人的情境，他難以與之分庭抗禮，一方面棄之可惜，另一方面又沒膽子嘗試，內在的衝突轉化到外因性的恐懼，以便消解無法拒絕誘惑的衝突。如果我不再，至少不再單獨過馬路的話，就不會與誘惑不期而遇了。當然這不是徹底解決問題的辦法，也無法完全免於恐懼，他還是需要與恐懼面對面，雙方交戰爭鋒；若他覺得山窮水盡，尋不著出路，將陷於驚慌失措之中，想「向外逃逸」，無法理智地考慮自身的情況。

以下要解說歇斯底里的人的性格以及錯謬的行為是如何累積出來的，他們如何被帶入死胡同中。

怎麼樣才能好整以暇地漠視責任與既定的規律呢？上上策就是活在當下，彷彿他是個沒有過去，也沒有明天的人。昨天別人識破我犯了一個錯，做了一件蠢事——那麼就沒有昨天，生活從今天才算開始。一刀把時間和因果截斷，歇斯底里的人於是有很大的彈性空間；他既無個人歷史，過去也付之闕如。雖然把可觀的累贅給甩了，但生活中總有些點狀、瑣碎也看不透、不能持之久遠的東西。歇斯底里的人就像變色龍，可以適應每一種新的情況，只是從中發展出自我的持續性，一般稱之為個性，十分稀少。他莫測高深，總是根據當下的需求扮演某一個角色，比較像千變萬化的某一個人，到後來連自己都認不得自己。他的個性不真實，沒有連續性，欠缺清晰的輪廓和陶鑄出來的性情。

另一種情況是，當他覺得進退維谷時，也有可能反守為攻，把過錯都推到別人身上。自責對他而言是個外來語，他的反射動作和小孩一樣：一個小孩說「笨蛋」，被罵的那個小孩反射似的回敬一句「你才是笨蛋」。遭人批評或譴責時，他立刻反唇相譏，有時候風馬牛不相及，與主題根本無關；但足以卸下心頭重擔，而且毋庸有自己的看法。把內疚投影到別人身上，程度嚴重時他會被自己說服，錯都在別人，做賊的喊捉賊。這樣一來，他愈來愈虛偽，一開口就謊話連篇。暗地裡他其實欠缺安全感，惶惶不可終日，卻不知所懼為何物；萬不得已時他將尋求一個新的身分，使他遠離束縛，不必面對真相，譬如藉著生病來逃脫，起碼多爭取到一點兒時間。

歇斯底里人格的感情世界

歇斯底里的人熱愛談情說愛，所有能提昇他自尊心的都深情以對：意亂情迷、快感、熱情；他喜歡攀升至高峰。強迫人格者渴望一成不變，歇斯底里的人卻把自己獻給生命，非要轟轟烈烈活一場不可，意欲打破界限，但不是如憂鬱的人那樣反躬自省，而是擴張自我，有若神化自我。憂鬱的人在自我的界限中奉獻，尋求融為一體的共棲關係，超乎感官直覺，歇斯底里的人恰恰相反，所有感情經驗的強度皆由他向外延伸。

歇斯底里的人談情說愛時勁道十足、熱情洋溢，要求也多，他在其中尋求自我肯定，陶醉在自己與伴侶的愛戀之中，翹首期待到達人生的巔峰。他懂得營造情慾高張的氣氛，花招百出，可說是性愛高手，他又是打情罵俏及調情的聖手，知道如何撩撥琴絃，勾引人時無往而不利。他有本事讓伴侶覺得他值得寵愛，證明自己有迷人的風采，性的脾胃天下無雙；他曉得眉目傳情的力量，沒有人能從他的勾魂懾魄全身而退——他以為自己具有這些優勢與吸引力，而別人理當深信不疑。

前文提及的渴望的力量在他的感情世界中尤其強烈，他酷似「大軍甫至即獲全勝」的凱撒大帝，以迅雷不及掩耳的速度攻下要塞，毋須長期圍城。他深諳與異性的相處之道，談起戀愛來絕無冷場，其實他愛的是戀愛本身，伴侶居次位，他好奇不已，像饑渴的人面對大餐，一定要領略愛情的各種面貌與花樣。他對光彩與華美、慶典與宴會情有獨鍾，樂在其中，展現迷人、瀟灑自如、坦率的風度，讓自己成為派對上的焦點。不覺得他可愛的人簡直犯下滔天大罪，他將無法忍受，很難原諒對方。感性多情的生活他最愛，為此在所不惜，無聊可以殺死人，而他獨處時動不動就感到無聊。歇斯底里的人作為情人，有趣又活潑，出其不意的表達心中的感受，充分掌握當下生命的節拍；他盡情享受，幻想力豐富，還有點兒貪心。忠實——尤其是他自己是否忠實，並不重要，見光死的關係最讓他心動，他浪漫的情懷才有揮灑的空間。

談到性就比較麻煩了，挑逗、前戲都比滿足性需求來得重要，歇斯底里的人巴不得說：「太美好了，讓時間停下來吧」，他努力享受這片刻的沉醉，藉此拖延，不希望結束。他也喜歡蜜月的時鐘靜止，不堪新婚燕爾褪色為平淡的柴米油鹽。他喜愛變化多端。一旦自己和伴侶對性的態度不一致，雙方都不甚幸福，他可能因此變得冷感或性功能有障礙。歇斯底里的人，無論男性還是女性，都把性當成提振自尊心以及操控伴侶的途徑，不像強迫人格逼迫伴侶，歇斯底里的人在性活動中體驗自己無窮的魅力。歇斯底里的女性會濫用性，答應形同施恩，拒絕有若懲罰，當成一種威脅的手段。

深入探討歇斯底里人格，就會發覺這類人需索無度，以及強烈希望被肯定的態度。情愛關係是一種用來肯定自我的設備，必須時常予以更新，以便證明他的確是第一把交椅。伴侶崇拜他，渴慕他，仰賴這些戰績他可以保住自尊。色衰則愛弛，外在的吸引力隨著年長而褪色時，想當然爾他的驚惶比誰都來得劇烈。

歇斯底里的人需要他的伴侶，倒不是像憂鬱人格那樣，沒有伴侶就活不下去了，主要是伴侶如同他的鏡子，他喜歡在鏡中看到自己有多麼可愛，為他脆弱的自尊心增值。水仙般自戀，愛自己，這都需要不斷地被肯定，他因此愛極了阿諛奉承，深信不疑。他需要一個伴侶來為他的風采、美貌、重要性以及所有的優點背書。尋覓伴侶時，他也像一株水仙，分裂人格怕與自己南轅北轍的人，但歇斯底里人士卻不愛與自己大不相同的人，是因為他希望在相似的人的身上重新發現自己，然後愛上自己。

歇斯底里的人，男女皆同，也常常找貌不驚人的人當伴侶，以便凸顯他的出衆，同時讓伴侶對他欣賞不已。這讓人想到那則寓言，一隻孔雀執意要和樸實無華的母雞結婚，到了公證處，烏鴉訝異的問，亮麗的它怎麼會娶一隻毫不出色的母雞呢？孔雀正色答道：「我和我的妻子都愛死了我自己。」

這種以希望獲得肯定為基準的關係當然不夠堅固，他的伴侶永遠無法完全滿足他的需求，他於是轉向別人，玩一樣的遊戲。看到女人就流口水的男人，大量消耗男人的女人都屬於這一類，割下敵人的頭臚，收集的犧牲品愈多，愈表示他了不起，愛情不過是一場遊戲，而他非贏不可。他對愛情的期望過於龐大，失望、不滿、情緒化以及悶悶不樂與他長相左右，迭有怨言，不斷尋找新戀情，即使所費不貲，必須拼命賺錢，他也都能接受。唯有被愛他才有自尊，顯得貪得無厭，逼迫伴侶愛他的手段與方法不勝枚舉：別人的伴侶比自己的懂得愛；別人的伴侶都犧牲奉獻；覺得伴侶不夠愛他時，上演一齣哭鬧劇；伴侶如果冷落他，他便如喪考妣。總而言之，他是感情如謎和自私自利的混合體，連他的伴侶都猜不透他的所思所為。

如果一個人對愛情與婚姻抱持莫大的期望與幻夢，要求的卻遠遠超過自己願意付出的，勢必一天到晚都很失望；只好馬不停蹄尋覓「偉大的愛情」。歇斯底里性格的人經常與伴侶分道揚鑣，重新出發；新的感情應該要補償他昔日關係的損失，所以在一開始就設定更高的標準，再度埋下注定失敗的種子。

我們通常從父母以及兄弟姊妹那兒學習到與異性相處的經驗，父母與手足之間的互動，形塑日後我們對兩性關係、愛情與性所抱持的態度。我們的父母若彼此相愛，我們並未將之理想化，堪稱幸運；假使我們為他們惡劣的關係感到遺憾，或者加以輕視，甚至痛恨不已；父母之間的局限性，他們的煩惱、問題和辛勞，包括他們快樂與否，是不是互相支持、瞭解與信任，孩子們都可以感受得到；等到我們衆裡尋他千百度時，心中才比較清楚什麼人很適合我，同時也曉得自己做為別人的伴侶時應有的責任。處處讓孩子相信他們優越、完美無缺，在孩子面前扮演模範夫妻，事實上貌合神離的父母，他們的小孩會誤以為這就是理想婚姻的模式，將來也要如法炮製。父親與母親沒有做出榜樣，成為兒女心中的英雄與女王，他們的子女會感到失望或受到驚嚇，通常對於兩性關係的看法很負面。

歇斯底里的人根據初始對異性關係人的觀察，截取一個畫面，從此這個印象停格，造成他感情生活極大的困擾。歇斯底里的人格成形於童年結束前的階段，大約四到六歲，尋找典範，是為日後對待自己與異性態度的養成時期。一般來說大抵如下：孩提時代我們心目中的父母或手足立下的典範，將重複施行於伴侶身上，把伴侶當成白馬王子或美麗的公主。或者，童年時我們對關係人的失望、害怕與痛恨揮之不去，滯留在心中，負面的經驗轉化為對伴侶的期待，長大之後，與伴侶的關係先天不足，充滿了偏見，以為男人或女人像我們童年時所經歷的如出一轍。我們把父親或母親的形象投影到伴侶身上，這個原型不容改變，無論對伴侶或我們自己而言，劇本都不對，因為我們仍然停留在兒子或女兒的角色上。

對母親失望的兒子會變得痛恨女人，意欲展開報復，像唐璜一樣到處誘惑女人，再把人家甩掉，把媽媽施加在他身上的痛苦散播出去。對父親感到失望的女兒，用同樣的手法報復，她恨男人，要不就變成走偏鋒的獨立女性，並非爭取平等互重，只想反守為攻，基於報復心追求平權，要爭得女性霸權地位。另一種可能是，她不斷委身雞鳴狗盜之徒，藉此打擊父親（「因為你不愛我，我沒有價值，跟誰在一起都無所謂」——這些都是某些娼妓的心理因素。或許她專門勾引男人上床，套一句奧德賽的話，視男人為豬玀，利用他們，貶抑他們，使男人在性事上屈服於她。與此相似的，是從身心方面或物質上苛求男人的女人，利用剝削，剝奪男人的權力，用降低男人氣概的方式將之「閹割」。這一類令人不寒而慄的女性，史特林堡的小說和舞台劇中俯拾即是。歇斯底里的男人和女人都對異性失望透頂，要不就害怕異性，變成同性戀。此處所提到的父親與母親，也可以是兄弟或姊妹。

與生命初始異性關係人的互動是你我皆有的奇特現象，法國人是這麼說的：「愛上生命中的第一位異性。」

依賴著幼年時期的關係人，照著家庭劇本演出的歇斯底里的人，也常常是陷入三角關係的孩子，他不自覺地重複飾演夾在父母中間的角色，在獨生子身上尤其常見。獨生孩兒不情願地、宿命似地掉落三角關係的泥淖中，他們常說，喜歡的人都使君有婦、羅敷有夫，像下了咒一樣。事實上，之所以會愛上非自由身的人，他們自己心知肚明，就是因為對方不是自由身，於是他們重蹈幼年不能愛上自己父親或母親的覆轍。著了魔似的，他們糾葛在別人的關係之中，希望打倒其中一個，好讓自己與同性別的那位競爭，企圖讓他因自慚形穢而退出。相反地，與自由之身的伴侶共築愛巢令他卻步，因為對方會把兩人的關係看得很嚴肅，佈下天羅地網約束他，要求他做這做那。

知道這些人的故事，才能理解他們的行為；他們大多把曾經受過的折磨施加在別人身上：小時候在家性別沒有得到正常的發展，百般依賴自己的家人；沒有適當的人做為他性別發展的榜樣，或許他們被模範人選拒絕，也許在他們尚未認清楚自己是男孩還是女孩，尚未培養出正常的自尊心時，性別心理未臻成熟，發展過早或不恰當，所以缺乏男子氣概，或不像個女人。

要探討歇斯底里的人的感情與兩性關係，一定要觀察他們對人生、愛情、婚姻以及異性錯亂的期待。苛求與犧牲的態度很難經營出健康正常的關係，何況這還不斷讓他們感到失望，他們不知道自己的信念是一種錯覺，無怪乎要失望不已。時時無限神往，要求頗多，卻不去想自己的定位，是他們的問題所在。

他們選擇伴侶時，把重點放在對方的經濟能力與名聲上，地位、財產、頭銜等等，這些勝過一切，合得來與否倒在其次。找到伴侶之後，他們仍然樂得當小孩，容易被外在的東西牽著鼻子走，以為就這樣能過美好的生活；一旦生活不如預期，習慣性的把過錯推到伴侶身上。他們害怕面對原始無價值的感覺，於是上了癮地尋求肯定，像任何一個癮頭一樣，永遠得不到滿足，因為他們向外尋找的，其實都是自己該做的：有愛人的能力，他的自尊心才獲得證明。

把自己欠缺的投影到伴侶身上的傾向，當然造成不少問題，不斷與伴侶爭執，究竟誰錯了，怨聲載道，歪曲事實到誹謗與裝神弄鬼的程度。兩個對立的人格，歇斯底里與強迫人格若結為連理，不啻一場災難，每當強迫人格那一方義無反顧堅持己見，把問題攤開來，抽絲剝繭討論，意欲證明他是對的，他歇斯底里的伴侶就愈要把邏輯抛到一邊，反撲過去。舒茲漢克（Schultz-Hencke）以國際象棋中馬的前進做為比喻，甲方很清楚乙方企圖用他下錯的棋步來封死他的出路，他當然要盡全力反擊。

歇斯底里的人碰到分裂人格的人，直覺會叫他自動讓開，分裂人格的人一眼就看穿歇斯底里的人，不打算肯定他、欣賞他。分裂人格的人喜歡與憂鬱的人在一起，因為他可以予取予求，日子久了通常憂鬱的人要承擔這種關係的不幸。兩個歇斯底里的人在一起，假若雙方的歇斯底里並不十分嚴重的話，倒也不錯；否則，在競技場上的這兩個人，都恨不得把對方給淘汰出局，處處撞上暗礁。

文學作品中不乏以歇斯底里女性為主角的例子，毛姆（S. Maugham）的《露意絲》（*Luise*），或是米契爾（Margaret Mitchell）的小說《飄》當中的郝思嘉。普希金（Puschkins）與馮塔納（Fontane）的妻子都具有歇斯底里人格，他們的書信中句句左右為難。童話《漁夫和他的妻子》（*Fischer und siner Fru*）亦同。

歇斯底里人格的侵略性

小孩在四到六歲之間獲致的特殊侵略模式，不外乎對抗與競爭，這兩種模式如同每一個成長的烙印一樣難以磨滅。追求與征服，是性別所造成的兩個基本的侵略行為形態，更為普遍的是為了要肯定自己而引發的大小爭戰，以及對抗所有對自己造成威脅的人事物。比賽與希望證明自己的能力這兩件事，最能顯露歇斯底里的人的侵略性，他非常愛慕虛榮。

與強迫人格不同，歇斯底里的人的侵略性靈活、隨性，顯得並不十分在意，常常不加思索就出手，因此時間不會太久，也不會過於耿耿於懷。口不擇言、任性，矛頭對準人，而非事情本身。

愈是歇斯底里，就愈虛榮；極端者會厚著臉皮的讚美自己，乃至於設計騙人，對於水仙自戀型的人物有一觸極發的敏感。自吹自擂，無止無休追求外在，聚光燈要打在他身上，非居首位不可；異性對他而言都是潛在的對手，誓將對方比下去，讓自己更亮眼。

歇斯底里的人有時裝腔作勢，巴不得大家都對他印象深刻，成為衆所矚目的焦點人物，隱藏在其背後的往往是心裡不踏實，分不清表相與實相，搞不清希望扮演的我與真實的我有什麼不同。他不太自我批判，也無從克制自己，發動攻擊時砲火很猛；不由自主地要發怒，場面不可收拾；誇張本來就是這種人格的特質之一。他也傾向於一竿子打翻一船人，與伴侶吵架時，會說出「男人都是膽小鬼」、「女人全是笨蛋」之類的話。

歇斯底里的人的侵略行為與古代的狂飆運動有幾分相似，分裂人格的人因為自己的存在受到威脅而有所不滿，歇斯底里的人卻將之戲劇化，人人都忘不了他的演技。歇斯底里的人表達心中的憤恨不平時，往往是即興式的表演，這比計畫好的戰術更令人措手不及，意味著他勝券在握，所以他很喜歡嚇唬人。對他來說，先下手為強，是最好的防禦工程；稱之為不合邏輯也無妨。試舉一例：

一位女士在丈夫批評她粗心大意的當兒，情緒急轉直下，大加撻伐丈夫的種種不是，與原先的主題完全無關，一味的反唇相譏，而且偏離事實。

從這個例子可以看出歇斯底里的人易怒的個性與脆弱的自尊心，善意的批評與極輕微的抨擊都會使他覺得備受委屈；他的自我建立在狹隘的基礎上，像一個易爆物，自尊心稍微受點兒傷，就會引爆他的恨意，這都與他害怕自己不值得別人愛有關係。

要手段是歇斯底里侵略行為中很特殊的一種，可從中觀察到家庭是始作俑者：童年時他處於父母或手足之間的夾縫，穿梭挑撥、隨機應變，試圖收拾家中的爛攤子，長大後的他不自覺重複這些情境：他耍陰謀、貶低、惡意中傷別人，不惜玉石俱焚，睚眥必報，包括痛恨異性，用非常手段報復。歇斯底里的人傾向在「舞台上」發動攻擊，運用他與生俱來的表演天賦，劇本則依照觀衆的脾胃撰寫，高潮迭起。怒火中燒、激昂的手勢與又哭又笑的抱怨，是他典型的表達方式，若是觀衆無動於衷，他的內在旋及崩潰。

舉一個歇斯底里女性痛恨男人，有強烈報復心的例子：

她神經衰弱，身體又不好，最討厭聞到丈夫抽的雪茄，為了顧及她的健康，即使寒冬時丈夫也只能在陽台上抽雪茄。每當丈夫觀賞電視轉播的足球賽，她就在孩子面前嘲笑他品味不佳，所有她沒興趣或自覺跟不上的活動，她都極盡諷刺之能事。丈夫的教育程度比她高，推薦給她看的書她都覺得乏味透頂，因為她看不下去，也不願試著去閱讀。對於性生活她十分嚴苛，每次都提出不同的理由拒絕丈夫。她從各方面貶抑她的丈夫，卻不知下意識是在報復自己的父親，因為他偏憐比她聰明的姊姊。

再舉一個耍手段的例子：

一位病人接受治療一段時日之後告訴我，他同時也接受另一位醫師的心理治療。這麼做是因為他想知道誰的方法對他比較有益。他對我說另一位醫師遭透了，又對另一位醫師說我不好的話，我們這兩個醫師對他同時做兩種治療都不知情，因為他談到另外一位醫師時，佯作那是好久以前發生的事。他讓我和另一位醫師鷸蚌相爭，坐享漁翁之利，如同以前在父母之間飾演的角色一樣。他是在報復父母親沒有善待他：小時候他父母經常在他面前謾罵另一半，若爭取到他的同情，就認為自己打勝了仗。他重複施展這個報復手腕，像小時候得到父母獎賞一樣，不費吹灰之力；他並未因此放棄兩個不同的心理醫師，這情形也和小時候一樣。

環境因素

是什麼造成一個人對既定的規律和待人處世的前後一致戒慎恐懼，逼得他把內心的衝動變得離心脫軌？先從天生的因素探討起，我們會發現活潑與有反應是人類天生的感覺之一，隨性自在，想要傾訴，要把內心所感說出來；喜歡與人交往，有虛榮心。因此，別人欣賞與否，肯定與否，對我們十分重要。這些性情若得到正面的發展，會很活躍、開放、適應力強，應變能力也不錯，這些特質足以使人魅力無窮——這樣的人很有意思，他需要刺激，自己也像一帖興奮劑。他天生迷人，通常長得也好看，到處贏得好感；他也很容易就愛上一個人或一樣東西，以至於習於討人歡心，因為他就是他；別人覺得他可愛，而他很清楚這一點。成為萬人迷卻不需要做任何努力，有時候也會使他不受歡迎。他很早就曉得要運用自己外在的優勢，以為自己所到之處理應受人愛戴。

心理分析研究指出，四到六歲時最容易發展出歇斯底里人格。這個年紀的小孩逐漸脫離童稚，邁向成長，這時他比以前有能力，行動上也自由自主得多，接受新的挑戰的時刻於焉到來：他將慢慢踏進成人世界，學習大人的遊戲規則；認知自己的性別角色，知道有個未來在等他，不但要證明自己的能力，同時也與衆人較勁兒。這意味著原先那個輕鬆舒適的日子不再，他處於真實的生活中，願望與能力都有一定的界限。

他的內心與外在的經歷愈來愈豐富，可說與成人無異。別人期待他謹言慎行、有責任感以及冷靜理智。總而言之，這個階段的小孩正接受真實世界的各種考驗，他將發現事情的真相，並且接受真相。

要通過這些考驗，他需要模範和榜樣，才會心嚮往之。他一心一意想走的路，應該先前有人走過了，而成人世界必須有吸引力，他才會心甘情願遵守箇中的規矩與形式。

此時父母所扮演的角色也改變了，孩子逐漸長大，他們不再至高無上；小孩用批判的眼光觀察父母，求知欲一天比一天強，問東問西，希望知道為什麼這個不能做，那個卻可以做；小孩希望父母接納他是一個完整的個人，疼愛他；他最希望父母看重他對他們的愛，而且他有能力付出。男女有別而形成的不同行為模式，追求或征服，在這個時期初具規模，他也希望別人嚴肅對待他。父母的人格是否成熟，是否有充裕的理解力，關係到小孩有沒有一個健康的榜樣，以便探索自己，培養恰到好處的自尊心，並且認同自我。

在這個最需要領導與模範的階段，如果兩者付之闕如，就會造成歇斯底里人格。一個小孩要長大，認識人生的真實面，脫離稚氣，不再當一個不知天高地厚的兒童，而是要負起責任，尊重約定俗成的規律——這個世界必須給孩子井然的秩序，他才能承攬這些新任務；父母也必須喚醒他勇於做自己的願望。唯有萬事俱全，孩子才能成長。孩子還需要具備與年齡相符的能力，異性的肯定，當他努力完成新任務時感受到喜悅，自豪於用正當的方式滿足了自己的自尊心。

讓我們想像一個五光十色或亂糟糟的環境，今天被罰了，到了明天好像沒這回事；一個孩子永遠是孩子，毋須嚴肅以對，不被要求什麼，他太小也太笨，分量不夠，不需要回答他的問題，不必認真作答。想想那些在孩子面前演出全武行，以為反正小孩不懂，用不著收斂，卻又要求小孩行為端正的父母。如果他模仿父母親的行為，不能問為什麼父母可以如此，而他卻被視為粗魯無禮而挨罵，應和了「只准州官放火，不許百姓點燈」那句話，尤其是那些混亂、充滿矛盾、費解又欠缺領導與模範的環境，孩子能獲致的方向與立足點實在少之又少，他寧願當一個無憂無慮的兒童。

舉一個例子（一位少女的日記）：

「與衆不同，別人才會注意到妳；生病時媽媽會照顧妳，太健康或太正常的話，別人會視為當然。所以，狡猾一點兒，演戲，一方面滿足別人的需求——做陽光少女，上得了檯盤的孩子，魅力四射地擁抱別人，甜美怡人——另一方面為達目的不擇手段。假若溫和柔順還不足以討好所有人的話，那就讓人為妳操心，以便心想事成：病得愈嚴重愈惹人憐。青春期時問題陸續出現，尤其是我長大以後情況更糟。有一次姑姑來我家作客，當時我大約十二、三歲，我像往常一樣衝下樓梯，緊緊摟著她的脖子：『不要這樣欣喜若狂』，媽媽警告我。『欣喜若狂是什麼意思？』我問道。『誇張、怪模怪樣。』我壓根兒聽不懂，為什麼以往的『甜美』、『可愛』，忽然變成了怪模怪樣？慢慢地我理解到，每種年齡都有不同的規範要守，大人會原諒小孩搗亂，對青少年就沒有那麼寬容，成人則不。我學到新的伎倆，當一個天真無邪、涉世未深的女孩，睜大眼睛，那無助、感動的眼珠只看到這世界美好的一面。天啊，我真的天真極了，但如果那位老朋友說我天真得可以，我就會變得有計畫的天真。這使得花花公子有所顧忌，不敢越雷池一步。昨天我向媽媽問起我小時候的事，她說：『你在育幼院的時候，有時候我會把妳給忘了。我總想妳在那兒好得很，寫來的信都是開開心心的。』聽得出小草抽長的聲音，素來敏感的媽媽，居然會被我那些經過育幼院審查的信給矇了！難怪雖然我苦苦哀求，卻還要待在育幼院裡，對付這個唯一的武器就是：生病。」

另一位年輕女孩說：「為什麼我在一個小丑世界中（說的是她的家庭）長大，還得保持理智？這太折騰人了。」

再舉一個例子說明環境會造成歇斯底里人格：

一位三十開外的男子因為恐懼症候來就醫，看電影時他只能坐在某一個角落，無法搭乘快車（「因為兩站之間距離太遠；如果我是火車駕駛的話還可以——害怕時可隨時停車，然後下車」），無法乘坐電梯、開車過橋（他得下車走過去）；他怕死了單獨待在房間裡，唯恐天花板會掉下來；他同時擔憂自己被這些莫名其妙的恐懼給逼瘋了。這幾年來他瘋了似的擔心有增無減（他的弟弟因精神病住進療養院，死在那兒）。

閱讀他從小到大的故事，就會明白他的恐懼何來：

他當獨生子的日子很長，弟弟小他八歲，媽媽比較寵愛他這個老大。他的爸爸是一個循規蹈矩、有嚴重強迫人格的公務員，每天都把公事帶回家，得等到吃晚餐時才露臉。媽媽背著爸爸嬌寵他，偷偷的塞錢，買衣服給他，當他在學校裡碰到難題，或遇上其他麻煩時，媽媽責無旁貸地擔任他與這個世界之間的緩衝器。爸爸一概不知情，向來不過問，樂得耳根清靜。他小時候經常生病，媽媽更是百般疼愛；她的丈夫比她大得多，乏味無趣，這樁婚姻委實令人失望，兒子成了她最重要的人，為了要抓住兒子的心，她言聽計從。十七、八歲時，他和朋友搞起黑市買賣，收入頗豐，過著奢華的生活，女朋友多不勝數。媽媽知道他靠黑市賺錢，以爸爸平日的態度以及社會地位來看，想必會嚴詞譴責（爸爸一絲不苟，如果坐上一輛擁擠的巴士，沒辦法把車票交給駕駛的話，他會在第二天遞上兩張車票）。他常翹課，擔心所從事的不法勾當那一天東窗事發，他有雙重面目——在爸爸面前是乖兒子，轉臉又成了受母親掩護的不肖之徒。

雖然日子多采多姿，心臟卻愈來愈弱，常常發作，伴隨著頭暈目眩，身體不適透露了他繼續招搖撞騙的意圖，在內心與周遭環境中都找不到真正的立足點。要他與父親看齊，但父親的世界裡只有工作，不僅毫不吸引他，也因為父子之間聯繫甚少而難上加難。譬如他星期天走進爸爸平日誰也不准踏進去的書房，父子兩人遙遙對坐，爸爸看報，他則看畫報，沒有人說話。他們跟本無話可說，換言之，雙方都為缺乏話題而尷尬萬分。他覺得爸爸以及他的生活方式很滑稽，常在背後與媽媽一起嘲笑「老頭兒」，說他是怪胎，吹毛求疵。媽媽很年輕的時候就嫁給年長她許多的爸爸，看上的是爸爸的地位；她始終沒有長大，比較像是加入反對黨的孩子，只有在兒子身上才找得到她渴望的「偉大的愛」，因此沒有能力給兒子一個立足點，把他給慣壞了。

這位病患在茫茫人海中找不著方針，不識腳踏實地為何物，時時覺得大難臨頭，所有的東西都將瓦解（天花板掉下來），什麼都承載不了他（怕過橋）；其他的恐懼則視情況而定，譬如他不能如他所願的「下車」；讓他吃香喝辣的「招遙撞騙」，隨時都有被揭穿的可能（伴隨頭暈目眩的心臟病）。擔心自己會發瘋當然與弟弟有關，另一方面表示幽黯的潛意識告訴他，他不能再這樣下去了。

比這個好的環境，所謂的「黃金鳥籠」，也會造成歇斯底里人格。在這種環境裡，人們重視外在，爭取較高的社會地位比教養小孩重要，隨便把小孩交給人家照料，以至於對自己是何等人物、父母的分量，有很強烈的感受。同學們羨慕他們，因為他們應有盡有，而他們也配合演出幸運兒童的戲，否則好像沒良心。到後來，傲慢自大掩蓋住他們內心的淒慘，沒有人瞭解，甚至覺得這樣家庭的小孩的確令人羨慕。

沒有父母做為榜樣的小孩，只有兩種可能：仍然以父母以及他們表面的價值為師，此其一；不然就不把父母當一回事，孤立無援，此其二。等到他長大了，以前父母怎麼做，他依樣畫葫蘆，要不與之對立，發誓絕對不要像父母一樣，但良好的示範依舊從缺。

另一重困擾是父母雙方的性別角色錯亂，媽媽獨攬家中大權，爸爸懼內。這裡說的不是社會上約定俗成的性別角色，而是陽剛與陰柔的氣息倒置。懼內的男人被妻子削去了權力，因此怕老婆；趾高氣昂的妻子因為痛恨男人，想與之一較長短，輕視自己的性別，因而變成男人婆。他們的小孩沒有一個恰當的性別角色可以效法，成長過程也很崎嶇，日後與異性相處時問題叢生。父母親的男性與女性角色恰如其分，有關鍵的作用，如此一來，小孩才會認同父親——男性、母親——女性的形象。

我們的社會提供男女兩性各種可能，讓大家接收性別角色的訊息。一方面男人或女人應有的行為舉止業經大家認可，這牽涉到從古至今，或者理想中的權力分配，而我們正開始揚棄這些既定的模式，要解開傳統加諸男女兩性身上的鎖鍊。事實是，每一種文化的男子氣概與女子氣息都十分迥異，我們要明白性別角色的訂定與時代有關係，而非大多數人以為的，是基於生物學上的條件。每個社會都男女有別，依照需要設定角色，從孩提時代就著手教育。米德（Margaret Mead）在她的著作《男人與女人》（*Mann und Weib*）中舉了不少精彩的例子。

四到五歲的小孩，如果體驗到父母親婚姻的不幸，也有可能形成歇斯底里人格，那些做為父母一方替身的獨生子和獨生女屬於高危險群。以他們的年紀而言，這個任務過於艱鉅，他們還不夠成熟，卻已經要向無憂無慮童年告別，身心尚未完全成長，就變得十分早熟。做兒子的成為對父親失望不已的母親的安慰或盟友，放任他做與年齡不符的事情，造成他的負擔；做為與他十分親近也親密的母親的知音，他必須付出代價，母親把他拉到與父親敵對的陣營，用母親的眼光來審視父親，父子關係因此常遭破壞。敬愛父母雙方，坦率地向他們表露孺慕之情，他無從有這種健康的體驗。他少年老成又不脫稚氣，與父親的關係形同斷層，以至於日後在成年男人世界中，他提不出印證。做女兒的情況亦同。無論兒子或女兒，與異性的良好關係都是從父母親那兒來的。

一個孩子被安排一個超齡的角色，喪失完整性，沒有安全感，只能發揮別人要求的功能。大部分時候，脱離了那個場景，他仍然被視為孩童，有的時候就得當大人，錯謬混亂，當他無從滿足對方的期許時，自卑感隨之而來。

對生活不滿意，把自己做不到的寄託在兒女身上，利用兒女完成自己的心願的父母，也會造成孩子歇斯底里的人格。這種父母非旦沒有成為小孩的榜樣，也沒有好好引導，只會把自己熱衷的東西強加在孩子肩上，這通常會造成歇斯底里—憂鬱人格。

如果小孩被迫扮演父親或母親的小太陽的話，也會產生相似的結果。這樣的孩子必須時時保持開朗、開心，行為無懈可擊，好讓父母高興；這樣雖然贏得父母的愛和讚賞，但日後卻難以認同自己。他所必須扮演的角色很可能會成為他的第二天性，本性卻被遺忘了，如果長大以後這個角色被抽離、不再被需要，會引發嚴重憂鬱症或者精神崩潰。

更為複雜的是，與一般人的生長環境有天壤之別，建立在特定的社會地位意識或少數人具共識的環境，在家中孩子學習到的觀點和行為模式，雖然受到大人鼓勵，但那只在家中有用，一離開家就變得不可理喻。通常要等到小孩進入學校，驚覺自己無法套用在家中學到的技巧，心理危機便應運而生。發現家裡那一套到了外頭一無是處，他苦悶而失望，舉手投足都沒有信心，尷尬極了，孩子往往會退回自己的家庭。這一類背景會形成歇斯底里－分裂人格。

歇斯底里人格的中心問題在於患者不認同自己的身分，他也許走不出童年時期當作模範人物的性格陰影，要不就極力驅趕這個陰影，也可能接收強加於他的那些角色。

除了以上這些環境類型之外，極端壓迫、強制的環境，也是造成歇斯底里人格的溫床。歇斯底里變成小孩抗議刻板、強迫、限制自由、壓抑衝動的教育的手段。對峙之下，行為極端化，不分好壞一概予以否定，不僅拒之於千里之外，更要在有意無意中把大人禁止的東西通通體驗一番。那些所謂「不成材」的小孩，往往就是這種嚴厲、矯飾作態或權威封閉環境下的產物；嚴格說來，這並非歇斯底里，而是一種反作用。

接下來要從歷史著手，探討為什麼從前的人認為歇斯底里專屬於女性，就連歇斯底里這個詞也是陰性的，它源自希臘文「hystera」，意指子宮。這讓我們比較能夠理解，為什麼有歇斯底里人格的以女性居多。也許我們接收了前人未經證實的想法，許多與人有關的說法其實缺乏學術根據，只是隨口說說而已；有的時候卻是有意如此。

古代西方婦女的生活侷限在妻子、家庭主婦與母親的範圍內，生命的意義以及社會期待她們扮演的角色，就是守著家庭〔「這裡頭住著一位貞潔的主婦……」出自席勒（Schiller）的作品《鐘》的對白〕；男人就大不相同了，可以盡情發展自我。因此，女人對伴侶關係的看法與男人少有交集。人們重視男人在社會上的表現，低估女人的成就，女人獲得的報酬也遠低於男人，法律上以及經濟上都居劣勢。什麼都不利於她，發展限於家庭，被迫履行男人與社會為她們設定的目標，她的自我被壓在集體的偏見之下，甚至有很長一段時間，女人先是被認為沒有心靈，然後被剝奪了性自主權。父權之下女人的處境實在不值得嚮往。於是，不妨說歇斯底里變成她唯一的武器，與強勢男人的世界對抗，趁機報復他們。我們幾乎可以說歇斯底里的行為是女人「發明」的，再高明的醫藥也治不好，男人一碰到歇斯底里的女人就沒輒，只有絕望的分兒。歇斯底里的行為為不理性、不合邏輯、看不透、無人能懂，男人的理論與邏輯完全派不上用場：她怎麼啦，生了什麼病，她不要什麼，不能做什麼？狂風暴雨般的場面，她身體上的症狀，悲觀到瀕臨崩潰的地步，甚且以死要脅。男人一頭霧水，宣告投降，他可不希望用尼采的皮鞭來「馴服」這「倔強」的婦人，唯恐壞了倆人的關係。性被貶為「婚姻義務」，使得女人「冷感」，男人於是再一次責備女人。擁有權力、佔有財產的傲慢男人，小心掩飾對女人的畏懼，他害怕「另一種」生活，看起來是那麼危險；愈看重自己英雄氣概的男人，心中的戒慎恐懼就愈深。憑藉天賦異秉的潛意識，女人發覺歇斯底里可以抗衡男人的不可一世，自我防衛與報復二者得兼。典型的歇斯底里現在漸漸銷聲匿跡，這可不是天外飛來的，而是現代平權、不受壓迫的女性，已經不需要它了。

由此可看出歇斯底里的起源：壓迫、輕視、箝制、強迫以及不瞭解自己的伴侶和社會，歇斯底里變成一種反彈行為，與性別無關；其他會造成歇斯底里人格的環境也非關性別。

我們一一介紹了形成歇斯底里人格的背景，患者懼怕既定的規律、前後一致以及責任義務，未達父母期待而感到失望，那些期待來得太快也太早，以至於不滿自己的無能；這些增加了他的虛榮心，長大後用微薄的力量打天下，造成歇斯底里似的惡性循環，導致崩潰。我們也因此理解何以歇斯底里的人有巨大的吸引力：他對自己和生活不滿，非常渴望刺激，不斷的尋求變化，以為靠這個可以達到目的；老是想該改變的是別人，而不是他自己——認知這些對治癒有助益。

對他也有幫助的認知是，不要對真實的世界敬而遠之，反而要熟悉箇中的遊戲規則、規矩以及法律，理解並且接受這些規範。他需要真誠的勇氣，做好與過去一刀兩斷的準備。唯有如此，他才看得清真實世界的正面意義，他將在真實的世界獲致滿足與實踐的機會。

歇斯底里大多帶著貶義，實在不可思議；大體而言，我們比較同情強迫、憂鬱或分裂人格，知道他們的靈魂受著痛苦。當我們形容某人歇斯底里時，彷彿自己比較高尚。這大概與歇斯底里的人裝病、瞬間變得冷靜等有關，如果他「想要」的話；也可能是我們承襲了舊有的成見。歇斯底里是一種病症，過程歷歷可見，與其他的精神疾病一樣，患者也深深受苦。說不定這反而加深了我們的偏見，因為單看表象的話，歇斯底里的人多半生活優渥，我們不認為他們有生病的權利；這個看法有待修訂。畢竟我們每個人的過往都有一個模糊地帶，有些人對早年的坎坷心存感激，將之轉化為助力，因此成就斐然，難道不該更同情且包容那些沒有這麼幸運的人嗎？

歇斯底里人格的故事

現在要舉一些例子。

一位富有的女士來找我，她認為自己有充分的理由怕她十六歲的兒子會變成同性戀。與她談話時我明顯發覺，她非常在意自己的容貌：她把椅子往後推，露出臉的最佳角度，讓比較腫的那一邊在陰影之下（她為今早拔牙而腫起的臉頰道歉）；另外，她極力讚揚自己是稱職的母親，卻瞧不起丈夫，恣意批評。與她的兒子談話之後，得到了下列的詳情：好些年了，他父母的婚姻糟糕透頂，卻基於社會理由沒有離婚。母親經常長途旅行，每次都把兒子帶在身邊。兒子於是成了小小的騎士；他們住在豪華旅館裡，在同一個房間裡過夜，兒子青春期時也一樣。母親很嫵媚，很喜歡在兒子身上試試自己的吸引力，毫不遮掩地在他面前穿衣脫衣，若是發覺他有點兒興奮，努力壓下好奇心，又顯得靦腆時，她覺得兒子很「可愛」。她讓兒子像一名僕役一樣崇拜她，接收了她分配的角色的這個兒子，一旦在旅館的餐廳裡「擅自」點菜的話，她就當著服務人員的面前像哄小孩一樣，告訴兒子不可以這樣做。他僅有的功能就是崇拜母親，如同一個玩具。母親破壞了他與父親的關係，教他討厭父親，如果他投向父親懷抱的話，母親會吃醋。父親感覺得到兒子的冷淡，但不知如何贏回他的心，母親佔了時間上的優勢，做父親的不常看到自己的兒子，但不屑於炮製妻子的手段。兒子這廂以為父親不在乎他，母親說得對，這表示父親有過失，不如母親那樣疼愛他。這位女士要兒子按照她的意思行事，做為一個報復的工具，從來沒想過會對兒子造成的影響。她把不幸福的婚姻歸咎於丈夫，因為他「不夠愛她」。

一個很可愛的獨生女，父母之間問題叢生，媽媽用她來滿足自己愛出風頭的虛榮心。女孩四歲大的時候，就得充當童裝模特兒，媽媽坐在伸展台下，她非常擔心自己會出錯，台步不夠優雅；媽媽冷厲的眼神讓她膽顫心驚。進行順利的話，媽媽會在觀衆前擁抱親吻她，充滿母愛的畫面十分動人；若是有任何瑕疵，就在家挨一頓罵，警告她不得再犯，然後繼續訓練。女孩覺得，只有當她沒有讓媽媽失望，功能運作良好時，才能得到母親的疼愛；再者，在外的表現比什麼都重要，好像是世上唯一真正有價值的東西。別的孩童對她的讚美中夾雜著嫉妒，不太能安慰她。後來她成為廠商爭相禮聘的模特兒，事業上頗有成就，但她卻愈來愈怕老，因為她的存在以及自尊心都架構在肢體的魅力上，對男人也是如此。豔遇不斷的她並不感到滿意，很渴望邂逅「真愛」。她希望自己永遠三十歲，過了三十歲，人生還有什麼盼頭？媽媽嚴格控管事關她身價的體重，只要稍微增加，她就陷入不可自拔的抑鬱中；媽媽還規定她只能與多金的男士交往，指望女婿的財富給女兒安全感，晚年有個依靠。她自殺未果，但幸運的是，她來做心理治療，這才看清亮麗的外表背後的不幸。這是她的工作以及類似職業常見的宿命。

一位嚴重歇斯底里的婦人嘗試充分操控她的丈夫；她的父親在家中也是個丑角，雖然賺錢維持家計，但一點兒分量也沒有；她也認為丈夫充其量是賺錢的工具，她待在娘家的時間比夫家多得多，母親很支持她的做法。丈母娘經常奚落女婿，認為下嫁的女兒受委屈了；女婿是教師，生活雖有保障，退休後亦同，但畢竟不是富可敵國。她煽動女兒盡量榨取女婿，讓自己過好日子。女兒一一照辦，荒疏家務，也不要生小孩，丈夫應該以擁有她這位美嬌娘而心滿意足。起先丈夫還挺欣賞妻子的個性，希望有小孩以後問題迎刃而解，事實當然不如他所盼望的，妻子執意要與岳母密切往來——她比較像是岳母的女兒，而非他的妻子。於是夫妻倆更行更遠，他有了外遇，妻子決絕的把過去一筆勾銷，也不認為自己該負一些責任，只記得丈夫不忠，怨懟頗多。她根本不打算反省自己的行為，與丈夫開誠佈公地談——其中有太多事情的真相、令人不安的反躬自省，要承擔的後果想必很累人。

這個個案的女士尚未剪掉與娘家，尤其是與母親的臍帶，深陷泥淖之中，全盤接收娘家的規矩和觀點。與幼時關係人的臍帶沒有完全剪掉，是歇斯底里人格的一個特色。我們要再舉一個例子，詳細說明環境的影響：

P小姐是獨生女，父母的關係很糟，她的爸爸是位豪情萬丈的政治家，事業成功，在家卻很專制，自以為是，而且容不下異己，是個不折不扣的暴君。媽媽來自父權至上，視女人為次等人的家庭，像帶著小雞的母雞，惶惶不可終日，不獨立，卻抱殘守缺信奉娘家原有的偏見。她從未認真思索過人與生活的種種，沒有自己的見地；接收過來的觀點變得堅不可摧，對自己愈沒信心，愈是要活在以男性為主體的世界中，因為她自認瞭解男人，不會有任何問題。

她敬仰成功、有名的丈夫，都聽他的（「你比我懂」；「我完全同意你的看法」——

賢妻當然與丈夫看法一致），樂得居下位，婚姻並沒有讓她成長，反正丈夫也不在乎這個。她順從，把丈夫照顧得無微不至，又崇拜他，丈夫出差回家，她竭盡所能侍候，丈夫都很滿意。話說回來，丈夫覺得她很乏味無趣，缺乏獨立性。她不把自己當一回事，丈夫也就不認真對待她，不多久就有了外遇。她跟蹤得知，丈夫並不否認；若離婚她就得靠自己過活，所以不考慮；丈夫覺得在外探險的同時有一個舒適的家再理想也不過，何況離婚會影響他的名聲，所以也不考慮離婚。她不知如何是好，一哭二鬧三上吊，丈夫只覺得沒意思，心生反感。日子照舊過下去，她愈來愈依賴女兒，女兒還小時她就對她傾吐心事，不但要女兒分擔自己的痛苦，還很成功地讓女兒覺得爸爸很可惡，再進一步的認為男人都該死。她嬌縱女兒，處處為女兒著想，比起忙碌、常出遠門、沒有耐心又反覆無常的爸爸，女兒當然比較喜歡她。

女兒進入青春期，蛻變為亭亭玉立的少女的時候，爸爸才開始注意到她，與她打情罵俏，讚賞她的身材，踰越父親的尺度撫弄她，很明顯地，現在她偏到爸爸那一邊了。父女兩人發展出沾染情色的關係，做女兒的經由此察覺自己身體的吸引力。當此之時，爸爸轉變為素來疼愛她的媽媽的對手，女兒感到很為難。爸爸用他的男性氣息吸引她，使她萌生新的自我價值，另一方面她面對媽媽時又常覺愧疚不安，因為爸爸一旦在家，媽媽就被貶為管家，而她與爸爸從事有趣的活動如外出、逛街等，這是她專屬的權利；把媽媽排擠掉，她有一種鬼鬼祟祟的勝利感——只擔心會錯失媽媽對她的愛，因為以前她一有任何問題，都是找媽媽解決，媽媽也沒讓她失望過，給了她許多關愛。

她的內心被這兩相矛盾的感情絞得四分五裂：爸爸代表「寬廣的世界」，他的生活風格讓她與起模模糊糊的嚮往，而且她很清楚這種風格與媽媽絕緣——媽媽過於謙卑，不懂得享樂，對那個她無力堅持己見，勢必要失去丈夫的世界深懷畏懼。

父母親分居後，問題變得更尖銳，爸爸搬到大都市去，女兒與媽媽按照原來的方式過日子。爸爸離開意味著「寬廣的世界」消失了，她於是重回媽媽的懷抱。每當女兒想展翅高飛，經常把她一個人留在家的時候，她就百般溺愛，喚醒女兒的罪惡感，好讓女兒待在她身邊，態度一如在男人面前那樣恭順。對爸爸失望的女兒，在媽媽這兒予求予求，不知不覺中視爸爸為一體，試著補償他的損失，現在輪到她來指揮媽媽，學著爸爸的德行來與媽媽相處。這兩個女人把昔日的婚姻生活重新搬上舞台，只不過這回女兒飾演爸爸的角色；她像爸爸一樣挑剔媽媽，讓媽媽照顧她，服侍她，稍有不滿就大發脾氣，媽媽害怕失去她，只好忍氣吞聲。

爸爸邀請女兒到都會裡作客時，兩人才見得著面，卻是十分疏遠。她已經長大了，出落得更加標致，得意的爸爸帶著她這位窈窕淑女出去，男人看了她，眼睛滴溜溜轉，而爸爸寵她像寵一位女友一樣，時間短暫得可以。爸爸給媽媽的錢不多，母女生活很拮据，爸爸在有限的相處時日把自己生活的光華慨贈給女兒，帶她上高級的餐館，買昂貴的衣服和首飾，去聽歌劇等等。閃亮耀眼的光華來得突然，爸爸也在不期然之際離去：女兒回到媽媽升斗小民的世界，那些服裝與首飾，以及被喚醒的要求無處容身；不滿卻有增無減。

她學會了一點，毋須辛苦往上爬就得到想要的一切，有若啣著銀湯匙誕生──這不無道理，爸爸不就錦衣玉食？若是他多關愛她一分，她的成長必有另一番風貌。懦弱、怕孤單的媽媽希望把女兒拴在身邊，免得繼丈夫離去後也丟了女兒，不在意孩子是否該學一些有用的技能──這將破壞兩人相依為命的現狀。爸爸說：「我女兒哪裡用得著上班賺錢」──白手起家的人以自己闖出的成績為榮，認為下一代不必像他們那樣辛苦，卻忘了好吃懶做的惡果。她沒有一技之長，潛意識中覺得仰賴父母供給就是報復他們，「我沒有歸屬感都是他們的錯，當然要繼續養我」──另一種說詞是：「我的手活該凍僵，誰叫爸爸不給我買手套呢」，絕望與悲傷隱藏在陰森的幽默中。

P小姐長大了，款款動人，不太好伺候，深諳盛裝出場的藝術，遺傳了爸爸的與衆不同，但沒學到他的才幹。她不工作，像等待王子營救的睡美人；王子不曾出現過，因為她不屬於那個圈子，樸實一點兒的男人她又看不上眼，認為他們「太窮」。在外頭她神氣、挑剔且信心十足，事實上仍然是弱小、不安的女孩兒，手足無措，黏著媽媽，盛氣凌人的外在是一匹隔開了真實世界的綾羅綢緞。她習於帶著些微鼻音輕聲說話，覺得這樣才高尚，第一次與她見面，別人會以為她出身「比較好」，是一位覺得生活乏味，世故老練的大小姐。

隨著成長，P小姐愈來愈膽怯，沒有媽媽萬事皆不通，甚至無法自行外出。她怕喧嘩吵鬧，身體上的反應是心跳加快、暈眩以及失眠，媽媽陪她遍訪名醫，賬單寄到爸爸那兒，爸爸氣得差一點兒拒絕付款。事實上，她害怕面對真實的世界、證明自己的實力、學習技能以及下決心，她也害怕長大；現在更辦不到了，她病了。媽媽是她的守護神，是她與這世界之間的緩衝器；她對生活本來充滿期待，白日夢一個接一個，卻沒有能力實現夢想；處處靠媽媽，媽媽就不至於對她這個女兒大失所望；她要報復父母，生病終於給了她一個「合法」的辯白，他們不能不愛她。

按照時間階段講述這個故事，難免簡單了些，但是，所有造成歇斯底里人格的環境都有相似的特色，概括起來大致如下：父母貌和神離，把問題加諸小孩，尤其是獨生子女身上；缺乏正確引導以及同性別的模範；充滿矛盾與真實世界脫節的環境；太依賴父親或母親；無一技之長與足夠的知識；對未來的嚮往混沌不清；不認同自己。

P小姐永遠不知道什麼叫作「真相」：爸爸寬廣的世界，媽媽狹小溫暖寵她的世界。她如何能夠做自己？當風情萬種的淑女嘛，怎麼樣才算淑女？像媽媽一樣呢，多麼平淡無聊！如果媽媽撒手人寰她怎麼辦？想都不要想，儘管讓媽媽折磨她、利用她吧，至少媽媽疼愛她。這兩位女士的關係沒有出口，都需要對方來釋放自己，其中一人長大成人，雙方的心智都得跟著成熟一些，但她們害怕成熟，因為，支持她們活下去的共棲模式將會瓦解。

烏麗克是第三個孩子，上有兩個姊姊，父母有些失望，因為她不是男孩。失望歸失望，父母不死心地要把她調教成像個男孩，她被稱為「伍立」⑪，穿男生的衣服，留短髮，大家都說她真像男孩，她喜歡聽到別人這麼說，也順著父母的意思裝扮自己，舉止也像個男孩。她只跟男生玩在一起，做男生的事，如果有人告訴她，她可以與男孩一較長短，

⑪譯註：男孩名。

她會很得意。青春期時，女性第二性徵出現了，她很不快樂，月經來的那幾天特別賣力，絕不要落在男生後面。她蛻變為一位雅致的姑娘，男孩氣息增加了她的魅力，男人挺喜歡她。從小到大，男孩玩伴都是她的哥們兒，所以，她很自然、也很天真地與一位男子一起旅行，共度周末。當對方對她有進一步的要求時，她驚愕又憤怒，很激烈地反抗。

她的父親嬌寵三個女兒，像崇敬女神一樣地狂熱，以為女兒個個出類拔萃，他是一個「發明家」，不斷發現女兒天賦異秉；三個女兒其實都很平凡。全家人都為可憐的父親感到不甘，遺憾他懷才不遇。

烏麗克有演戲的細胞，在學校裡表演時頗獲好評；父親突然決定要她完成未竟的功業，要她當一名演員。於是她去上表演課，是幸也是不幸，她的外型很適合某一個角色，因此獲得初試啼聲的機會；是她的外型而非演技，讓她得到這個角色。之後，她再也沒有演出機會，父親寫了一堆附有她照片、誇張地形容她演技的信給劇院和經紀人。她被帶到各地面談，因為天資有限，父親的溢美之辭她消受不起，更覺得放不開，屢試屢敗。這期間她嘗試找別的工作，但並不打算放棄演藝事業，終究專業能力不足，不是被解僱，就是試用期滿後主動辭職。二十五歲那年她因恐懼開始了心理治療：她無法獨自走出屋子，沒有工作能力，迷惑且無助。

這是一個重拾女性身分的例子，我們從中得知，要一個磐基不穩的小孩達成父母的願望有多艱鉅。

補充說明

歇斯底里的人活在謊言築成的城堡中，無時無刻不說謊。真實性是他們最根本的問題，扮演的角色正反映出他們內心對真相的排拒。

宗教之於實用至上的歇斯底里人格，束縛較少，他們不曉得是否需要教堂；表相再度比實情重要，行禮如儀即可。懺悔與告解後，所有的過錯就可以被原諒，又可以像純潔無瑕的新生兒一樣重新開始，這種想法他們深表贊同。人而神的慈父角色，想當然爾這位慈父必須對他們疼愛有加，最得他們的心，許多歇斯底里的人幼稚、不成熟，天真無邪，相信奇蹟，輕信保證治癒的承諾，不費吹灰之力就希望達成目標，因此常是某些非主流教派的虔誠信徒，他們驚世駭俗的需求在其中獲得滿足。接受心理治療時，他們偏愛催眠；動動手指頭就解決了問題，自己不需要做什麼，豈不理想！

倫理觀念方面也是一樣天真，不願受到約束，把所有的事情都加以比較一番，過錯推諉給別人，就是不會反躬自省、自我批判，因此鮮少從危機中學到教訓。

歇斯底里的人和我們一樣，經歷各個成長階段，童年不可磨滅的印象，每一時期不同的學習重點，每一種年齡層經驗到的不安，我們從他人身上看到自己的不足，對親友等時有歉疚之感，與他人合作共事時難免發生齟齬。歇斯底里的人會在群體中尋找「敵人」，必須有一兩個人給揪出來，用來平反他的過失。每個人、所有宗教團體以及各種族都有這個傾向，不願真誠地面對自己的人、喪盡天良的政客，熱衷於尋找替罪羔羊，濫用權力或扭曲理想之徒。戰爭、種族仇恨與宗教戰爭，往往是這一類失去控制、腥風血雨的投影心理所引爆的。誰不希望卸下心頭的重擔，洗滌罪孽呢？憂鬱的人所有的不安與歉疚都往自己身上攬，歇斯底里的人走相反的路線，他忘記或否認自己的過錯。說來很巧，德文的「流逝」與「犯罪」是同一個字，涵括時間以及道德操守，我們不禁要問——我們的過失會隨著時間流逝嗎？你我性格中歇斯底里的成分將不會反對這個論調。

具有歇斯底里人格的父母和老師熱情洋溢、風度翩翩，很有影響力，口才絕佳，讓小孩覺得生活美好，生命有價值。對一個人的感情不會每天都一樣，說風是雨，孩子強烈地感受到這種父母的愛，以父母為榮，覺得爸爸媽媽真了不起，家裡有「氣氛」，賓至如歸，巴不得自己也擁有這些特質——直到他們看穿這些表相。嚴重歇斯底里的父母缺乏一貫的教育方式，一會兒孩子是心肝寶貝，轉臉又冷漠非常，十分情緒化，不夠客觀，小孩往往不知所措，永遠不清楚如何估量情勢，他們陰晴不定的性格搞得小孩誠惶誠恐，對生命產生錯謬的期待。每當歇斯底里的父母讓孩子失望了，或者要求孩子放棄什麼，就信口許諾渺茫的未來——「等你長大」——然後拒絕討論箇中細節，只想到孩子理當聽他的；小孩於是學到，放棄一樣東西，就意味著另有獎賞，以為未來的日子充滿驚喜，或早或晚會兌現，陶醉在幻想之中，卻沒有面對事實，這種期待不太妙。

歇斯底里的父母讓他們的孩子帶著圓鑿方枘的態度踏上人生之路，孩子的認知既不理智也非放諸四海皆準，日後只會讓孩子對自己和人生都感到失望。一方面希望小孩黏著他們，一旦小孩有所要求、變成負擔、要他們負起責任時，便出其不意把小孩彈開。如果孩子知道自己的問題何在，會有被遺棄的感覺，這才發現那些信誓旦旦不過是美麗的詞藻罷了。歇斯底里的父母無法忍受兒女的批評，覺得委屈不平，認錯有如登天那麼難——強迫人格的父母不願承認錯誤是為了保有權威以及完美主義，歇斯底里的父母則是虛榮心與自戀作祟。如果兒女追究起來，要他們給個說法，他們根本置之不理，再三強調只給孩子最好的，況且為此犧牲頗多等等，使得小孩為自己的不知感激而歉疚不已；要他們嚴肅面對問題可不容易。

也很棘手的是他們訓練孩子早熟的傾向，孩子應該光耀門楣，不許讓父母失望，否則就得不到關愛。最糟者，也是他們最常做的，是賦予兒女重責大任，讓自己有面子，逼迫小孩代為完成自己未竟的心願；想想那位模特兒的例子。

政治方面，歇斯底里的人喜歡加入標榜自由或革命的黨派，倒不是因為愛慕虛榮，而是基於某種不滿，以及對未來模糊的盼望。做為革命分子，他們不像分裂人格那樣驃悍堅持：對進步充滿天真的信心，新的就是好的，只因它新奇、不一樣──與依戀業經認可與考驗的舊事物的強迫人格南轅北轍。根據莫洛亞（André Maurois）的描述，英國有名的政治家狄斯雷利（Benjamin Disraeli）的性情就十分歇斯底里。做為政治家，歇斯底里的人魅力十足，演講的功力讓聽眾如痴如醉，喜歡做大而無當的承諾。他們的領袖氣息渾然天成，因為領導者只需發佈命令，指點新路線，毋須從事繁瑣細碎的工作就能實踐理想。他們也可能媚惑群衆，技巧的利用選民偷渡自己的願望，不惜工本拉抬自己，只要目的達到了，就再也不去管這檔子事兒；有時他們像大膽的賭徒，下大賭注，遭遇挫折後會像不倒翁一樣，立刻站起來。

歇斯底里的人可以從事任何與其人格特質相符的工作，譬如需要察言觀色，機伶，與人交往，適應力強，同時又讓衆人注意到他們，滿足個人心願的行業。位階高，需要周旋交際，具有象徵意義的職業，最能讓他們發揮，因為他們很容易把榮耀與光環當成自己的一部分。雖然位居要津，但他們不認為需要履行什麼義務，與強迫人格一樣，地位與名聲的功用在於使他光芒四射，不難明白他為何對勳章和頭銜情有獨鍾。他們也適合與人密切接觸的行業，可以滿足他喜歡與人往來，渴望「觀衆」的需求。他們是天花亂墜的產品代言人，強力促銷的售貨員，把滯銷貨吹噓得讓顧客怦然心動，有本事讓只打算買一條領帶的客人買下一整套行頭。他們在各行各業都很能發揮，與個人魅力、姣好身材、機智敏捷以及見獵心喜有關的工作最得心應手，是即興表演、製造驚喜以及突襲戰的常勝軍。允諾「寬廣世界」和不確定希望，或者讓他們心動的職業，在在吸引著他們；譬如攝影模特兒、服裝模特兒、企業老闆；珠寶與美容業、旅館從業人員。事業有成時，他們歸功於個人特質，而非產品優良，因此，對於拉拔他們的人最為感謝。若擁有相當的才華，他們高遠的目標與高超的幻想力、絕佳的表達能力以及喜歡上台表演的特質便會昇華為藝術，在演藝與舞蹈界適得其所。

年老與死亡是生命中無法避免的事實，躲得了一時，逃不了一世。接受不熟悉的事物和真相，遵守約定俗成的規範，歇斯底里的人能免則免，視若無睹。人當然會老也會死，他並不否認，只不過認為那只適用於別人身上，與他無關。他們用盡方法要青春留步，幻想著永遠有一個蘊藏無限可能的未來在等著，樂意嘗試保持青春的各種方法與實驗，也聽得進肉體消逝，精神長存的道理。他們排拒死亡，不願立遺囑，也不交代事情，身後往往留下爛攤子要人收拾。年紀漸大，當死神的陰影逼近，他們的行為會突然大逆轉，讓人莞爾想到年老色衰不得不從良的妓女，仔細觀察會發覺他們多為投機分子，所以改頭換面的真實性疑點頗多。也許他們真的懂得如何體面地年華老去，個人歷史因而被美化，活在人們記憶中，記憶的腳本必須按照他們的意思寫，擔綱主角的當然是他們自己。有些歇斯底里的人果真如願以償，連揮別人間都優雅漂亮，謝幕時的演出讓人難忘，像巨星隕落般死去。

藝術是歇斯底里的人的最愛，創意在藝術領域得到發揮，內心的痛苦呼之欲出；有些人有暴露狂的傾向；他們寫的信文采斐然，擅長寫自傳和描繪自己；形象生動、奇異、活潑是他們的特色。形式對他們來說並不重要，特別喜歡耽溺於白日夢，冒險犯難，把不切實際的想法挹注於日常生活中，被夢幻與不可攀的理想牽著鼻子走，與真實世界愈來愈疏離——只有藝術家才能把幻想轉化為創造力。

歇斯底里的人所做的夢中，夢境反映並涉及他們問題的常常是一些很輕鬆就達成心願的夢，幻想的色彩濃厚，因為他們知道真實世界的規律，所以做的夢很像童話。經常夢到解決問題的方法妙不可言，譬如當處於沒有出路的困境，他忽然之間飛了起來，或是一瞬間有了法術，救星驟然出現，助其脱困。壓抑的恐懼也常在夢中表達出來，譬如踩在搖晃鬆動的地上，突然站在懸崖前——都是騎兵渡過博登湖（Bodensee）的畫面⑫。他們的夢多半有色彩、生動、情節緊湊，即使夢很長也記得一清二楚。夢中艱鉅的任務，往往是由另外一個人承攬，而非做夢的歇斯底里的人。

讓我們用漸進的方法，來區分健康的人與輕微乃至嚴重歇斯底里的人有何不同，大致如下：活潑衝動、愛慕虛榮、自負。水仙自戀般追求肯定、希望成為焦點人物、強烈的虛榮心、社交癖、是爸爸的公主或媽媽的王子、無法離開原生家庭自立的人——這些都屬於不真實的歇斯底里人格。他扮演另一個角色，逃避現實、招搖撞騙、成為不老的二八佳人或小伙子、痛恨男人或女人、不接納自己的性別、同性戀；「閹割」、毀滅、極端仇視男人的女人；唐璜般的獵豔、藉此報復女人的男人、恐懼症——這都是伴隨身心症狀的嚴重歇斯底里人格。最後一種的病徵未必全然表現在器官組織上，而比較偏向於肢體（麻痺癱

⑫譯註：指不期然的凶險。

瘓）。

健康、具有歇斯底里人格色彩的人喜歡冒險、好動、伸開雙臂迎接新事物、隨和、可塑性高、活潑、心情愉快而且吸引人、熱衷於隨興體驗新鮮事。他是個很好的旅伴，有趣，在他身上總找得到樂子；他熱愛每一個開始，對生活抱持樂觀的想法。每一個開始意味著機會大門敞開，住在裡面的魔術師將會跳出來實現他的願望，就像這一章卷首的詞句一樣。他活力充沛地做每一件事，向老舊不堪、僵化的傳統和教條挑戰，擅長直搗人心，有意識的展露自己的魅力。沒有什麼能讓他嚴肅以待——說不定除了他自己以外——他知道許多人生大道理的另一層面，所以寧可依照自己當下的意願與衝動行事，不喜歡執行起來曠日費時的計畫。正因為他缺乏耐心、好奇、不把過往當一回事，別人忽視的，視為停滯不前或界限的，他卻能夠看見其中的機會並且掌握住。他特立獨行、勇氣十足，人生之於他是一場多彩多姿的冒險，生活應該盡可能豐富、深入且多彩。

結語

「如果我們能多瞭解別人一點兒，就會比較寬容，驕傲與自大不復存在。」

——哈菲思（Hafis）

本書所探討的四大恐懼原型存在每一個人的心中，我們都應該深入瞭解。當我們愛上一個人、有所付出的時候，心情難免千迴百轉；把自己交出去，多少會攪亂我們原有的生活、私人的空間以及人格上的完整。每一次打開心扉、心有所屬、愛戀一個人的時候，我們不由自主地處於手無寸鐵、感情敏感脆弱的情境，妥協讓步，把一部分的我交給另外一個人，可說不無風險。害怕失去自我的恐懼油然而生。

每個人都與害怕做自己的感覺打過照面，害怕做自己的徵象不勝枚舉，獨立自主的同時，人與人之間的共通及一致性將縮減，其中最具代表的就是孤寂感增加了。愈是勇於追求自我，隻身處在荒島上的感覺就愈強烈。

生命、事物終將消逝，這種恐懼糾結在每個人的心頭，我們時時要面對故事結束、事情停頓、生命遽逝的事實，雖然我們非常想擁有它，希望它是一首未央歌，然而人事物終止的剎那，我們噤若寒蟬，無力抵抗。這是一種對世事滄桑多變所懷有的憂懼。

定數，約定俗成的規律與事實，也使人想逃。形諸於外的害怕有很多種，最主要的是怕被一成不變的東西給束縛了。愈是嚮往海闊天空、心想事成的自由，現實人生中的不渝不懈和各種界限就更令我們聞之色變。

人活著的一天，這些恐懼便如影隨行、寸步不離，而我們是否成長成熟與它們有密切的關係，我們若試著逃避，焦慮憂愁便不斷來侵擾。形形色色的恐懼症不厭其煩地在我們身上投石問路，目的是要引爆埋在我們內心深處的恐懼炸藥，唯有識得廬山真面目，我們才能一探究竟，與之斡旋。假設我們不把時不時的一陣寒顫當一回事，淡化處理，乍看之下似乎無憂無慮，其實不然，壓縮變形的不安感只會更折磨我們。因此，我們應該把突如其來的恐懼當成一種警訊，暗示著我們「那根筋不對了」，它或許是一個我們不願親歷的處境，或是一樣我們不曾正面迎戰的東西，它必定十分重要，而我們用害怕做為封條，把它密封在心靈角落。我們的人生能否跨一大步繼續向前，端看我們願不願意坦然面對心中的憂懼，避而不談只會使我們的心靈麻木，人性中的關鍵質素也會被抽離。

恐懼的基本型態含義深遠：它並非我們避之猶恐不及的禍害，而是我們幼年時期成長的重要因子。每當恐懼的巨大陰影籠罩心頭，表示我們正處於人生的關卡，面臨重大的挑戰；如果我們先行接納，並且嘗試克服恐懼，新的力量將在我們身上萌生。每戰勝它一次，我們就淬煉得更堅韌；躲避恐懼形同不戰而降，只會削弱我們的力量。

書中援引不少真實的個案，我們從中得知，恐懼都有一個前身，與我們的成長經歷有關。成年人害怕什麼，恐懼來襲時的規模與強度，在在涉及童年時期的經驗。有愉快的童年，沒有遭遇不尋常事情的人，人格的基礎磐根穩固，一般來說有能力消化恐懼，至少不會在恐懼之前潰不成軍。

有的人小時候獨自承受過踰越他年齡的恐怖經驗，當時沒有人對他伸出援手，長大後，當他再度身歷恐懼情境時，昔日未經消化吸收的害怕將與此重疊，心頭的壓力擴增。心理治療可以幫助我們找出心頭烏雲密佈的原因，讓我們在心理上重返現場，讓我們知道現在的我們有信得過的朋友，生活有希望，行為思慮謹慎周詳，也有勇氣，在在勝過稚弱的當年，足以處理這些難題。

詩人里爾克聽到別人說：「想辦法讓他再過一次童年，經歷懵懂與驚奇，讓生命萌芽的初始成為豐富的傳奇故事」——很深奧的說法。只可惜大多數人的童年不是這樣，我們生命的初始幽黯、充滿不確定，既不豐富也不多采，無知，絕不可能通曉一切，受到的挫折多於驚喜。心理治療也有助於我們澄清過往對我們的影響，讓舊傷癒合結疤。性情與環境——我們把廣義的環境稱為定數，這些不容改變的東西揑塑出我們童年的雛型，壓鑄出來的模式在成年後持續發展。幼年時光那些我們以為無法改變的定數，因而極力忍耐的人事物，也可以藉著心理治療，揭開傷口，做適當的彌補。

必須要提及的是幼年時期的每個人所處的社會的重要性。如果那個社會若有似無，並不表示它的價值低落，而是因為父母是襁褓小兒的主要關係人，父母親把他們對社會的觀點直接傳達給小孩，包括專制與否的態度，是否很在意小孩的表現，宗教觀以及對性的看法等等。因此，父母所屬的社團、文化、社會階層，所奉行的理想主義，都會把一己的觀點、批判與挑戰移轉到孩子身上，這些價值觀會在在小孩心中烙下印記，往往具有社會功能。我們的社會和國家等都應該好好研究這四大恐懼原型，可以從其中找出主流意識形態的痕跡。

這四種恐懼的基本型態，亦即四種基本動力或挑戰，適用於每一個人，屬於我們生命的一部分。原則上，我們可以不斷地從這四種恐懼原型中找到人生各種處境的解答；人與人之間的關係，每一項任務或挑戰，我們都可以根據這四種類型調整自己：因為瞭解自己而與恐懼保持距離；認同恐懼；像接受法律一樣接納它，或者按照自己的願望改變它的面貌。承接一項重要的任務，做出重大決定，與人邂逅，為何老天如此安排，答案盡在這四種動力之中。困惑有了解答，我們處理事務時不至於方寸大亂，做決定的時候很清楚這一路走來的脈絡，展現出自己的生命力。不僅如此，四種動力經常在我們處理人際關係時，爭相推擠而上。以教育為例，做老師的一方面要對小孩保持一個讓他自由發揮的距離，好讓小孩認識並接納自己，另一方面又要關愛小孩，好讓孩子信任他，知道老師瞭解他；教師恰到好處的嚴格以及前後一致的態度，孩子從中體驗到紀律與秩序，教育也強調信賴以及尊重小孩的自主性，這樣小孩就不會我行我素，足堪造就。

每一個人的「完整性」都受到限制，我們既不完美也不完整。但是，我們狹隘的本質因嚮往完整而得到不少啟發。我們的身心結構來自於遺傳，受到早年環境的影響，個人的經驗與行為模式，生活的內容，形成我們的人格與個性，在在使我們不完整、很片面。認可自己的狹隘與片面，知道「完整性」不可期，然後盡可能活得精彩，這樣的人可以做為這四種基本動力的代表，盡可能使自己接近完整。另一種人會努力試攀完整與完美的境界，也有人有意識地放棄一些東西，堅持讓能力有限的自己追求完美，內化這些不符本質的東西，不斷借力使力，從中獲得新的活力，能力因此被拓展。完美與完整——二者皆為人類達不到的理想境界，但我們都有能力接近目標。

有四個目標值得我們努力：誠實面對自己、保有個人特質、不依賴他人、吸收新知認識世界，勇敢地活出自我。

我們可以嘗試放開自我，與別人相融合，與人相愛，無私，跨越界限、奉獻自己，完成自定的任務。

我們覺得自己真誠、善良又美麗，始終如一，為了永久保持這個最佳狀態，我們要試著對抗那些時而興起，會動搖破壞我們完美的東西，遵守既有的規律與事實。

我們可以追求自由，肯定生命中不斷翻新的變化，像酒神一樣縱情享樂，也在自己身上找到清心寡欲的一面。

我們可以：分裂——害怕失去自我，避免與人來往；憂鬱——害怕分離與寂寞，落得百般依賴；強迫——害怕改變與消逝，死守著熟悉的事物；歇斯底里——專斷自為，以逃離既定事實與前後一致的態度。這些都會使我們錯失高難度的挑戰，人性因而脆弱不堪。

這暗示我們，互相矛盾又互補長短的兩種人格往往彼此有致命的吸引力，——在另一個人身上看到我們無限嚮往、不得不壓抑或能力有所不及的特質時，還有什麼比這個更能魅惑人?我們很希望透過相反的人格類型而「完整」，從個人局限以及片面性中被釋放出來，而這正是異性相吸的一個主要因素。

因此，分裂與憂鬱人格，強迫與歇斯底里人格互相吸引。我們潛意識中相對互補的渴望，也許就是在伴侶身上尋找我們缺少的那一半；或者我們隱約希望，從此解脫命定的個性枷鎖?總而言之，兩個對立人格類型自相矛盾的吸引力，彼此提供了互補的機會。但這只限於當我們準備好要接納另外一個人，接受他的另類，認真看待他並且瞭解他，我們才有可能在自己身上找出那個很另類的質素，加以發展。話說回來，現實生活中可沒這麼容易：每個人都想把伴侶拉到自己的軌道上，希望他酷似自己，如此一來，不僅個人的創造力消失了，甚至會陷入辛苦的拉鋸戰中。

如果精神分裂與憂鬱的人天雷勾動地火，通常情節如下：精神分裂的人感受得到憂鬱者的心甘情願、愛人的能力，犧牲自我、善體人意又樂得退居幕後的態度，預感這是救他於孤立無援的良機，不曾體會過的信賴、受人照顧，他憂鬱的伴侶都可以源源供給。這股魅力在於，精神分裂的人從憂鬱者那兒感受到他未曾被激發出來的本質；再者，吸引憂鬱者的是，精神分裂的人過的是他不敢嘗試的生活：做獨立的個人，不怕失去自己，沒有罪惡感；同時他也察覺出對方非常渴望他的愛。至於分裂與憂鬱的人相守一生會造成何等不幸，書中都已做了介紹。精神分裂的人開始感受到憂鬱者想緊緊抓住他，而他最怕別人依附著他度日；憂鬱者一旦知曉精神分裂的人堅持獨立自主，他的恐於失去就會被凸顯出來。兩種對立的態度會更形尖銳，造成嚴重的誤會。

強迫人格由衷欣賞歇斯底里人格的多采多姿、活躍積極、冒險犯難以及擁抱新鮮事物的個性，因為他自己固守熟悉的東西，總是有安全上的顧慮，因而活得束手縛腳；這一點他有自知之明。如同前文所述，歇斯底里人格被與自己相反的人格類型所迷惑，強迫人格的穩定、堅固、前後一致與足堪信賴、依循規範度日，都是他所欠缺的。但如果雙方的恐懼被強化了的話，也會釀成悲劇，產生嚴重的誤會。強迫人格將更注重細節，吹毛求疵、牢騷滿腹、自以為是的強硬態度以及權力欲，逼迫別人的傾向，會讓他的伴侶喘不過氣來，也陷入歇斯底里的狀態。伴侶是強迫人格者時，在他正確無誤、冷靜客觀的背後，埋伏著他對改變的恐懼，歇斯底里的人與他共度的一生是計畫好的，固定的，沒有華彩片段，缺少花樣，日常生活不曾有即興或隨性而做的事情，只會發出微弱的光，這光亮是伴侶肯定他時綻放出來的，他自己十分吝於讚美，怕寵壞了伴侶。歇斯底里的伴侶被強迫人格的一成不變嚇壞了，疑惑不安，沮喪之餘發動攻擊，用他的不合邏輯與矛盾來誘惑對方，尤其是他那些只會使強迫人格更形僵化的種種要求。雙方將形同陌路，錯失了截長補短的機會。

唯有互相瞭解接納，不擔心自己的恐懼被深化，上述兩個案例的問題才可以迎刃而解。若對立的人格十分極端，就不太樂觀，雙方的恐懼會經由彼此的異同而昇高，必須加倍保護自己，對方強大的吸引力頓時消失，徒留下不安與陌生。

這四個基本概念與恐懼原型有助於我們瞭解伴侶之間相互吸引的條件，以及平常的人際關係。今日有愈來愈多的夫妻或情侶稍感失望就拆夥，其實應該好好利用失望的時機多瞭解對方，自己也繼續成長成熟。

這四個類型是我們生存於這個世界上的要件，以前反覆發生，今後也一樣。不同的時代、文化、社會結構以及共同生活的條件；因時代而異的理想主義與價值觀；倫理和宗教，政治與經濟觀點，每個人所體驗到的這四種恐懼的基調不盡相同，評價也不一。也許其中一個類型成為主流，長達數世紀之久，在這個環境中長大的小孩看出它的缺點，集體抗拒或藐視，相反的類型因而發展出來。

農業定居的文化最適合保存這些特色，堅守傳統以及代代相傳的經歷，強調安全、佔有與永恆——這形成強迫人格的特質。今日的社會都市化、工業化，人與大自然的關係改變了許多，不帶感情的職業應運而生，粗陋且沒有特色，人人都面臨失根的威脅，如同精神分裂的人過的日子一樣，沒有人際往來、對周遭漠不關心，靠著高科技維持生活所需。所以，我們一方面要強調分裂人格追求個人的優點——並非孤絕的實現自我以及踽踽特立獨行，而是要邁向更廣闊、超乎個人的整體性；另一方面我們應該有意識的以情感和人性為出發點，對待互相矛盾的觀點與思維。

已然銷聲匿跡的父權體制，其中絕對的權力和專制，固守傳統與以他為中心的地位，是培養強迫人格的溫床；但不再是靠著農業社會的機制，而是植基於更強烈的權力欲，壓迫以及利用依附他的弱勢族群。一旦被壓迫的人覺醒，群起而攻之時，極端者性解放、打破各種禁忌，溫和派則嘗試追求新的自由。群體也有尋求互補的傾向，以便平衡病態式的狹隘、關起門來做皇帝的行徑，人們通常要過很長一段時間之後，才會察覺異樣，然後週期性的釋出一些壓抑，直到火山爆發，採用的手段激烈與否，端看原來社會閉塞的程度。

毫無疑問地，四種人格類型與年齡，四種動力與生物學之間，彼此互相牽連。度過幼兒生長期，進入青少年的離心階段，眼前展開的路無限寬廣，我們信心滿滿勾勒未來的藍圖，雀躍地踏上探險之旅。到了所謂的黃金時期，我們希望建立安定的生活，向心力引領我們為特定的幾個目標奮鬥，擴充自己的勢力與財力。我們在職場上展現實力，成家立業，為人父母。許多人中年之後開始感覺到改變，尋常的責任與挑戰不再滿足他，他期許挑戰更高遠的目標。我們希望忘掉一己的平凡平淡，探究更深層的問題，萌生形而上、先驗的需求，慢慢領悟到放手的含義，因為自己也有從這世界消失的一天。然後進入晚年，死神逐漸靠攏，我們將孤單地面對這個新局勢，也許承受死亡的孤寂感會讓我們更有智慧；另外我們也感受到慈悲，知道自己是大自然的一部分，不久即將回歸自然，天人合一的「一」所指雖為孤單一人，但也是合而為一的意思。我們當然毋需太強調暮年的種種，但可從中讀取生命的規律。

也許好戲在後頭。人到中年，我們會發現又回到原點，重新開始，只是層次提高了一些，必須再度克服隨之而來的恐懼：我們認清了未來有時而盡，所有的願望也不可能逐一實現——已成定局的恐懼以煥然一新的面貌造訪。接著，我們又發覺自己辛苦經營的物質與精神財產正在起著變化，體力不若當年，沒有什麼是絕對、永恆的——對消逝的恐懼再度登門。然後，我們有生離死別的經驗，孩子展翅高飛，各自成家立業，至親好友一個一個被死神帶走，於是我們領悟應該要放手了——寂寞的恐懼重新湧上心頭。生命的最後階段是死神降臨，我們無法與任何人平分死亡，無法帶哪一個人共赴黃泉——最後一次與交出自己的恐懼感打交道，把自己交到死神的手中。我們的存在隨著這最後一個步伐邁向渾沌無知，一如我們誕生的剎那。

可是，有些人不敢踏出這最後的一步，重複著年輕時的生活：他們不接受年老這回事，想盡辦法讓青春永駐；花更多的時間和精力賺取財物；返老還童，只對吃喝一事有興趣，關心自己的腸胃和健康，白髮蒼蒼且無依無靠，與需人照料的孩童沒有兩樣。

懷著期待閱讀這本書，以為從所敘述的四大人格類型中可以找到自己屬性，但卻發覺很難斷定的讀者會感到有些失望；讀者大概在每一種類型中都找得出自己的身影，每一種基本的恐懼感也都經歷過。我倒認為這是本書逼真、寫實的證明，這些恐懼與人格並不「單一、純然」。若要一下子就認定，勢必要把重心放在我們理性的需求上，所指涉者必需明確，也必須更清楚地界定系統，而本書探索的是生命的真相，威力通常很強大。書中從人的共通性來討論四種動力以及所屬的恐懼，這些都與幼年時期的生長經驗息息相關，你我都要經過這一關，所以，我們要對自己的這一部分有所認知。然後我們才有資格說，正因為我每一種人格的特色都有那麼一點兒，所以在每一個章節都看得到自己，換句話說，四種動力沒有哪一個在我們身上獨霸一方——這表示滋養這些動力與恐懼的童年，我們過得還不錯。若某一種人格類型被特別對照出來，其中一定暗藏失落，而這正印證童年時期身心健康的發展有多麼重要。

四種動力在我們成長期間發揮何種功能，與下列因素有關：我們帶著「第一天性」來到世上，占星學可以針對我們的星座做一些預言，包括第一個成長階段中的遺傳天性；幼年及長大後的環境形成我們的「第二天性」，第一天性將因環境和外來的影響而逐漸模糊。如果外來影響很大，第二天性與我們原初的天性和遺傳完全不調和，我們的心靈會感到不適而生病。書中援引的例子很清楚地告訴我們，早年與後來的環境對於我們的心理健康佔著多大的比重，尤其是小時候的家庭，包括社會文化的環境、父母親，有意無意地形成一個共通的準則，無論贊成或不贊成，孩子透過這些機制，接收集體的價值觀，或者予以拒絕。

若是從孩子所受到的忽視與傷害來看，認為父母應該承擔過錯的話，不如說不僅父母操弄了孩子的命運，孩子也同樣成為父母的宿命。一樣米養百樣人，每個人的性情和人格都不相同，嬰幼兒的依賴期如此之長，生長期間又十分脆弱，一個人能夠長大，確實比其他生物都來得險象環生。無論我們是不是稱職的父母，打心眼裡疼愛小孩，給兒女源源不絕的愛，兒女也回報我們一樣多的愛嗎？姑且不論我們把自己的願望轉移到孩子身上，若孩子很有個性，怪模怪樣，我們能夠不計前嫌愛他如昔嗎？小孩有沒有為我們帶來煩惱，搞得我們一籌莫展；當孩子有所堅持，我們是否心生難以接受的感覺？這些也成為我們無法改變的宿命，因而百般責難兒女。我們能夠做的是，避免使孩子受到嚴重的傷害，對此我們要多瞭解幼童需要什麼，知道自己在兒女小的時候做錯了什麼，那麼我們就可以早一點兒探測他的創傷，也許還有補償修正的機會。

除了心理治療之外，還有很多別的方法對行為異常的小孩有所幫助：遊戲治療、教育諮詢、家庭諮商、婚姻諮商、夫妻諮商團體、家庭成員個別治療。我們對身體病痛已有共識，認為應該採行預防措施，也就是生病時理當就醫。但我們卻不太主張針對小孩的心靈狀態，親子或師生之間的衝突，也採行若干預防措施；雖然我們都曉得，許多孩子身體上的病痛其實反映的是心靈上的不適，這正是早年心靈創傷所致。對於這一點我們仍處於未開化狀態，由於無知而不求進步，使孩子的心靈蒙受巨大的傷害。為人父母者、師長以及國家研究機構應該攜手合作，致力於預防神經官能症。

回到本書的主題「恐懼」：假使我們深受某種恐懼的折磨，由此得知自己某個地方不對勁兒，或者回顧一下生命歷程，是否某一項重大挑戰曾經令我們卻步，這有助於我們識破恐懼的真面目，跨越彼時的障礙，獲得新的自由，賦予生命新的秩序與責任。如此一來，恐懼就有了正面的意義，富含創造力，激勵我們創新求變。

本書卷首用的譬喻對我們應該也有一些啟發，領悟到應該與其他動力合作，運用井然的秩序使所有的矛盾與對立保持均衡，但非退化為靜止不動，或變質為一片混亂。天體運行的動力太過或不及，都會對太陽系造成危害，也許會摧毀一切；人類亦同，片面狹隘或缺少其中一種基本動力，將使我們的內心失衡，心靈會生病。

與宇宙的動力做對襯，兼之後天陶鑄出來的個性，可看出我們存在的一體兩面：人是宇宙的一部分，要遵守時代精神與生活規律，必須合乎人性——不受限於時間、永恆的立場。人又是獨一無二的個體，與生俱來的性情與後天環境塑造了他——有時間限制的立場。身為年壽有時而盡的生物，我們寫下個人的故事，擁有自己的個性，難免有些狹隘偏頗；追求完美與完整乃人性之常，因為懷有這個理想，我們得以超越過往的自己與種種界限，省思跨時代、文化與種族的人類整體的問題，也就是合乎人性。

如果有一個人釐清了自己為什麼害怕交出自己，因而對生命與週遭的人敞開心靈，有勇氣讓個性自由發展，主宰自己的生活，不再因缺乏安全感而害怕；接著，他接受了生命事物終將消逝的事實，活得有聲有色又有意義：接受世界上以及生活中的規範與法律，知道既定事實毋需迴避，但不因此而懼怕自由被剝奪——假如真有這樣一個人，我們想當然爾要頒獎表揚他的成熟與完美。但如果這些目標我們都只能稍微靠近一點兒的話，正表示完美的人性與成熟是我們想像中的目標，它並非人類揑造出來的理想，而是我們把人安放到宇宙井然有序的系統之中。

恐懼的原型：分裂、憂鬱、強迫、歇斯底里人
格深度探索 ／ 弗里茲・李曼(Fritz Riemann)
著；楊夢茹譯. -- 初版. -- 臺北市：臺灣
商務， 2003[民 92]
面 ； 公分. -- (Open；1:35)
譯自：Grundformen der Angst：eine
tiefenpsychologische Studie
ISBN 957-05-1815-4(平裝)

1. 變態心理學 2. 畏懼

175 92014867